（Ayawawa）

杨冰阳

著

恋爱心法

会心法
才能
爱成高段位

Cultivation
of
Love

,,

CNS 湖南文艺出版社
PUBLISHING & MEDIA   HUNAN LITERATURE AND ART PUBLISHING HOUSE

博集天卷
CS-BOOKY

恋／爱／心／法

　　2009 年，我的第一本书《恋爱厚黑学》（后再版改为《幸福爱》）出版后，就经常有读者写信给我，讲述自己的情感困境，我会从中选择典型案例进行了详细地解答，并将回信发布在博客上。这些故事和回复后来被结集成册，分别出版为《我和幸福有个误会》和《女人想结婚，男人想私奔》，它们就是你眼前这本《恋爱心法》的前身。

　　几年过去，当我重新审视这些故事时，惊奇地发现其实其中所体现的问题、故事中女孩的困扰，与今时今日我们收到的新提问何其相似。日光之下并无新鲜事，每段感情中的"重点题""易错题"其实都相差无几。当遇到这些问题时，摆在你面前的有两个选择：或是直接索取答案，或是学习解题的规律和方法 —— 在感情问题面前，前者就像是恋爱说话术和技巧，而后者就是今时今日我最想教授给大家的 —— 恋爱心法。

为什么我觉得恋爱心法更重要？

打几个比方你就能形象地理解：

如果说话技巧是外在的武功招式，那么恋爱心法就是内力修炼。没有内力，你使出的一切招数都只不过是花拳绣腿，不得要领。

如果说话技巧是一张减肥食谱、一套瘦身操，那么恋爱心法就是热量消耗和肌肉运动的内在原理，掌握了后者，你才能真正做到瘦得健康不反弹。

如果说话技巧是你渴时喝到的一杯水，那么恋爱心法就是找水源的方法，甚至是挖井的技巧，能保证你一世水源无忧。

这种更深层的洞悉眼光、处世技巧，才是我想让每一个渴望幸福的女孩真正拥有的能力。

我可以送你一根拐杖帮助你走路，但是我更想教会你如何靠自己的双腿奔跑，甚至长出翅膀飞翔。

究竟什么是恋爱心法？

其实用最容易理解的话来说，就是你要找到每一句话、每一个行为、每一种表现背后的内在深层动机，往往这才是理解和解决问题的关键。

男友总是吃你和男闺密的醋，却又不肯和他的红颜知己保持距离；一直说爱你，却迟迟不肯主动走入婚姻；虽然嘴上对你好，对你花钱却不那么大方。看起来毫不相关的各种难题，你可知道这背后是亲子不确定性、生殖利益、伴侣价值等一系列因素，在微妙地对男人的心理生产影响。

你自己从小就被教导要像男人一样奋斗，为什么在恋爱中却不受欢迎？男人事业有成就一定不缺女人，为什么女性职场精英却往往事业和爱情难两全？为什么有些女人能柔情温暖，有些却怨气满满？为什么男人三十一朵花，女人三十就豆腐渣？只有搞清楚女性性别优势的运作规律和生效机制，你才能从根源上理解这些问题和现象。

为什么看得越紧的男人越容易出轨？为什么你越怕伴侣会家暴、出轨和欺骗，他往往就越容易这样做？为什么你的每一任男友，都会做同样的你无法接受的事情？这是寓言还是诅咒？如果你知道有一种叫作"自我实现的预期"的心理机制，这一切问题就不会再困扰你了。

上面这些，只不过是恋爱心法的一部分章节，可见这是多么庞大的一个理论体系。它就像是一部幸福的百科全书，值得每一个渴望美满爱情的女孩来认真学习。

这本书当然也不是恋爱心法的全部，但是它会帮助你解决最贴近生活、最具代表性、困扰大家最多的那些情感问题，并深入挖掘背后的规律，找到最佳的解决办法，是不可错过的"幸福百科全书"的入门读物。

写到这里，我想起前几天发生的一件小事。身边的一个姑娘问我：为什么遇到突发情况，或被人欺负应该回嘴的时候，总是晚上躺在床上才能想到最好的办法和说话术，而当时的本能处理往往不尽如人意，让自己懊恼不已。

我答道："对的，正常情况的确是这样。"

她问："那怎样才能让自己反应更快一点、遇事处理得更聪明一点呢？"

我答："你不妨想想自己是在江湖，如何能发招有力、时刻自保？"

除了勤奋修炼内功以外，别无他法。

而在感情处事之中，这内功绝学就是 ——恋爱心法。

愿你们每个人都能参透秘籍，内功护身，见招拆招，遇敌克敌，幸福得有恃无恐。

这是我最大的心愿。

Ayawawa 的 情感悦读 | 亲爱的朋友，扫描二维码关注" Ayawawavip "公众号后，输入" 开篇语 "就可以听到我为你们读的内容。

恋／爱／心／法

恋／爱／心／法

修炼篇
做对事，才能嫁对人

男朋友挑剔你？那是你还没有学会这一招！ _002

圣母是怎样炼成的 _007

在恋爱前，一定要清楚的心理学小常识 _012

对一个男人好，就可以拿下他吗 _015

炼爱第一步：学会做一个优秀的对手 _020

慧眼篇
MR.RIGHT 的正确识别方式

关键时刻不会站在你这边的男人，绝不会只让你失望一次 _024

极品男和极品女总是成对出现的 _028

他拖着不结婚的原因，你真的知道吗 _032

选 A 还是选 B 的通用参考答案 _039

什么样的男朋友最该被甩 _042

如果偶像剧中的情节，发生在你身上…… _045

为什么你会舍不得离开渣男 _050

距离篇
如何经营
不对等的爱情

在开始一段不被看好的感情之前，你应该知道的事 _054

狗血的剧情如果发生在现实生活中…… _059

什么样的男人会催你生孩子 _064

为什么姐弟恋是爱情雷区 _067

如何与原生家庭有问题的人恋爱 _071

更好的工作机会 VS 安稳的爱情，如何二选一 _075

"不想耽误你的青春"是男人的免责条款 _079

"物质"的老婆宠坏了"精神"的老公 _083

危机篇
女人想结婚，
男人想私奔

莫须有的罪名越大，翻牌的概率越高 _088

很多傻女人都经不起男人逗 _093

这哥们儿其实是"盗版软件" _097

没有足够的爱，就很难适应婚姻的柴米油盐 _100

标榜"性与爱分开"的男人都是逢场作戏 _105

出轨篇
海誓山盟背后的陷阱

劈腿男人的常用金句，你知道吗 _110

恋爱时出轨的男人不能拿来结婚 _117

那些只想睡你的男人，都曾经发出过短择声明 _121

发现老公找小姐之后，聪明女孩这样做 126

什么样的男人会说"出去找女人是正常的"_131

女人孕期出轨的男人，能要吗 _138

出轨的女人，在想什么 _141

矛盾篇
爱情是刚性的，
婚姻是柔性的

对方父母，早见早好 _148

如何搞定恶婆婆 _154

如何对付凤凰男家里的懒亲戚 _158

老公失业了，你该怎么办 _163

性格不合，真的值得分手吗 _167

烦恼篇
你和幸福有个误会

离异男，能嫁吗 _172

为什么找男友最好不要"吃窝边草" _177

地下恋情该如何走到地上 _180

如何对付那些"心里有另一个女人"的男孩子 _185

为什么不要和曾经跪舔过你的男人在一起 _188

附录：**66** 条恋爱心法 _193

实用话术的 **33** 个小技巧 _207

Ayawawa 的 情感悦读

亲爱的朋友，扫描二维码，关注"Ayawawavip"公众号后，输入编码，如"001"，就可以听到我为你们读的内容

001 男朋友挑剔你？那是你还没有学会这一招！

002 他拖着不结婚的原因，你真的知道吗？

003 选 A 还是选 B 的通用参考答案

004 为什么姐弟恋是爱情雷区？

005 "不想耽误你的青春"是男人的免责条款

006 劈腿男人的常用金句，你知道吗？

007 那些只想睡你的男人，都曾经发出过短择声明

008 如何对付那些"心里有另一个女人"的男孩子？

修炼篇

做对事，才能嫁对人

男朋友挑剔你？
那是你还没有学会这一招！

"他无时无刻不在挑剔我。"

"他让我多打扮，要求我穿高跟鞋。可是高跟鞋真的很难穿，一天下来脚上全是水疱。"

"他说我的发型好看，让我别戴帽子，冬天风吹着可冷了。"

"他让我睡觉时别含着胸，只要我一蜷起来被他发现，他就会把我扳直，抗议也没用。他说我只要含着胸睡，他就会把我弄醒。"

……

"他是不是不爱我啊？"

这是一个网友曾经问我的问题。其实，先不要把这个问题提升到爱或不爱的层面。我可以很肯定地告诉你，你是他爱的人，只是这个"爱"仅仅是对你身上优点的肯定和欣赏，离你所要的包容和接纳，乃至无条件的喜欢，还差十万八千里。

换句话说，你是他在现阶段性价比最高的人选。比你条件好的，未必能看得上他，也未必能像你一样对他好，只是他并没有把你看成他的女神罢了。

不是他的女神，更不是他的天使，他当然不会诚惶诚恐、小心翼翼，也没必要字斟句酌，唯恐将你吓走或气走。有什么不满意，脱口而出便是，你要是能接受那自然最好，不能接受的部分，大不了事后赔个不是，你也不能将他大卸八块。

不是他的女神，他当然不会对你顶礼膜拜，遇到什么问题，送死的都是你。要是有朝一日他遇到心目中的女神，你大概就不得不让出位子来。

从他自身来说，他一定认为自己遇得到甚至配得上更好的女人，所以你一定要变得更优秀才行。

这样的男人，一般对你的优点视而不见，也极少加以肯定，特别是在两个人私下相处的时候。而当着别人的面，则恨不得你的优点尽人皆知；或者恰好相反，人前一直打压你，私下却对你讨好有加。总之，在人前人后呈现出截然不同的态度，是这类人最显著的特点。

前者是明知你的好，却要挫你的锐气，以显示你高攀了他；后者则是故意彰显自己的不在意，以便为被甩埋下伏笔（前者更多是自尊心作祟，后者更多源于自卑）。

那么，不是女神的你应该如何面对这样的窘境呢？两个办法：一、视而不见；二、以其人之道还治其人之身。学过基本生物学知识的你应该记得巴甫洛夫的狗的条件反射实验，人的反射也不外如此。当你对他的某种行为不做任何回应，他得不到应有的回馈时，便会开始调整自己的行为。如果你每次都积极地回应他的刺激，他就会试图进一步"改造"你。倘若你之前已经积极地回应过，则现在可以用消极的方式来对待他。

当然，这需要你在一开始就有很大的决心去漠视他的挑剔。倘若不是抱着不成功便成仁的决心，你便不会得到任何好的结果。

另一方面，你需要以其人之道还治其人之身。一般来说，挑剔过度的人本质上都是源于自卑或自我膨胀，以及对自己社会地位的定位不够准确。对这样的人，他拿你的弱点攻击你，很大可能是他内心对被攻击者有着极深的恐惧的缘故。

偶尔装作不经意地将他与其他人比照，说不定会取得不错的效果，倘若他暴跳如雷，你就提醒他将心比心好了。

Ayawawa
语录

★ 男人对你的态度，取决于他爱你的程度。如果你不是他的女神，更不是他的天使，他当然不会诚惶诚恐、小心翼翼，也没必要字斟句酌，唯恐将你吓走或气走。

★ 当你对他的某种行为不做任何回应，他得不到应有的回馈时，便会开始调整自己的行为。如果你每次都积极地回应他的刺激，他就会试图更进一步"改造"你。

延伸阅读 ## 为什么有些男人会特别挑剔

以前我们总觉得男人挑剔是一件坏事，一个挑剔的男人让我们不爽，但是我们有没有想过，到底什么样的男人才会不挑剔？

在回答这个问题之前，我们可以想一下，什么叫作挑剔，什么样的人才有资格挑剔。挑剔就是选择权高，有权利挑剔，只有需要男人在这段关系中付出更多的时候，他们才会挑剔。这一点，我们从很多动物身上得到了验证。

大家都知道，性选择尤其是配偶选择权往往是掌握在雌性手中的，因为雌配子的数量相对稀少，花在抚育后代上的精力大于雄性。但如果雄性投资大，则选择权就掌握在雄性手中，宽吻海龙（Syngnathus typhle）是由雌性将受精卵放在雄性的育儿袋中孵化，它们就是雌性争夺雄性。也就是说，谁投入越多，谁的选择权就越大，谁就越挑剔。所以那些挑剔的男人，都在投入之前就打算做更多的投入，所以他们展现出来的挑剔的特质是单偶的。

确实，不挑剔的男人很可爱，但是他们也很可怕，下面我们可以回想一下不挑剔的男人都是什么样的：

第一，他有可能并不想对你负责。我们都知道男人的爱有截然不同的两种，一种是短暂的、火热的、不伴随承诺和后代抚养的感情，常见的小三、情人、一夜情都属于这一范畴，这就是男人的短期择偶策略。另一种是长久的、细水长流型的，伴随着婚姻承诺和对后代进行抚养的爱，俗称负责任，这就是男人的长期择偶策略。我们把这两种策略叫作男性的混合择偶策略。当男人采取短期择偶策略的时候，能够施行成功非常重要，因为不挑剔可以为他们减少这个过程中带来的阻力。所以，一个不挑剔的男人有可能在对你施行短期择偶策略，他并不想对你负责。

第二，他的"鸡蛋"没有放在一个"篮子"里。我相信大家都听过这样一个词"大房"，以及这样一句话"家里红旗不倒，外面彩旗飘飘"。一个对自己的伴侣不那么挑剔的男孩子心里打算的可能就是：他可以增加自己的伴侣选择的方式来满足自己的需求，那么他对自己的每个伴侣都不会那么挑剔，也就是说，当他的"鸡蛋"没有放在同一个篮子里的时候，他不会介意放鸡蛋的这几个篮子是不是都足够结实。

所以不要总是嫌男孩子太挑剔，他们和女人一样，选择的都是能够与自己共度一生的伴侣，当然会挑剔一点。大家在面对一个挑剔的男孩子的时候，先别急着看到他不好的那一面，觉得自己没有受到尊重。先要想到他好的那一面，自己碰到了一个单偶的男孩子。

此外，当今社会上出现的严重的女拜金、男慕色现象，很大程度上是一胎化政策造成的恶果。如果不信的话，大家可以试想一下。如果每个人只能下一次赌注，成王败寇，是不是都会努力押回报率最高的那盘？全面放开二胎政策的施行给了大家多赌一次的机会，不管是男人还是女人，都会变得不那么挑剔。

很多女人有一种拯救情结，希望用自己的爱来感化、改变和拯救一个原本差劲的男人。当然，我非常喜欢这样的故事，每期《知音》我都必看，尤其是关于女人历尽艰辛后使得浪子回头的部分，少了她们，我会缺少很多生活乐趣。不过，她们也会给人带来一些痛苦，比如说她们在拯救无效、耗费了大量的青春和精力之后，会写信来问我应该怎么办。

我觉得送给她们最好的话就是——谁能凭爱意将富士山私有？我非常厌恶用"爱情至上"来掩盖自己的种种需求。

爱可以改变很多东西，但并不代表可以改变一个人的本性。他已经在这个世界上生活了那么多年，长期以来的生活氛围已经形成了他固有的生活模式，你要改变一个已经成型多年的东西，请不要拿男人做实验。

如果你真的相信自己有这样无所不能的超能力，请你现在出门，把你看到的第一辆POLO变成宝马。我相信，这样的收益比改变一个男人来得大，且容易。

如果你觉得这个是不可能实现的，我可以给你一个更好的建议：从现在开始训练一只两岁大的成年犬，让它学会十个从来没学过的动作，如拜年、转圈、接飞镖……计算一下所用的时间。保守地说，你大概需要五倍于此的时间和十倍于此的耐性去训练你的男人成为你想要的伴侣。前提是，这个男人绝对不会选择别的让他不那么累的女人，非常听你的话，你打他，他也永远会像狗一样忠诚地跟着你。

当然，你会告诉我，驯兽师很容易做到这一点。我非常赞同这个看法，就像在现实生活中，很多不起眼的女人可以把男人玩得团团转。可是，你是一个合格的驯兽师吗？你很详细地研究过人的心理和行为模式吗？你本身具备把男人迷得要死要活、非你不娶的素质吗？倘若你的答案是 NO，就请你不要试图去改变一个男人。

读者"迷人的小笨猫"提问 ————————————————— ★

娃娃姐，如何才能修炼成能把男人迷得要死要活、非你不娶的素质？

Ayawawa
贴心回复

★ 在回答你的问题之前，我们要想一下，为什么男人要追求女人而不是追求母猩猩、母猴子？因为女人能为他们生下后代。

★ 那么我们再想一下，男人喜欢的后代是什么样的？是健康的、有着优质基因、性格好的后代。

★ 最后我们再想一下，男人会和一个什么样的女人生下这样的后代？是健康、漂亮、年轻、性格温柔懂事的女孩子。

★ 繁衍操控着我们的性欲，而性欲操控我们的爱情。就好像性择／天择是情绪的主机，情绪是性择／天择的终端。我们不会每看到异性都去想对方能不能给自己带来生殖利益，性择／天择把受异性欢迎和适应生存的特性通通定义为美，再用美感来挑选我们的伴侣。当我们让男人感到"要死要活"和"非她不娶"的情绪的时候，男人无法意识到自己所表现出来的一切言行和好感都源自本能，但它依然会让男人产生冲动。他内心最想说的话肯定不是"她是一个适合和我繁衍后代的女性"，而是"哇，她真美，我要娶她"。

因此，当一个女性携带的利于繁衍的特质越多，她就会越容易被人爱上。只要她年轻貌美或者身材姣好，哪怕其他条件不太好，也瑕不掩瑜。

所以，现在你知道答案了吗?

Ayawawa
语录

★ 爱可以改变很多东西，但并不代表可以改变一个人的本性。他已经在这个世界上生活了那么多年，长期以来的生活氛围已经形成了他固有的生活模式，你要改变一个已经成型多年的东西，请不要拿男人做实验。

延伸阅读 **女人为什么会有"圣母情结"**

每一个保存至今的择偶策略至少都能说明一个道理，那就是至少它在某个阶段曾经成功过，圣母情结就是如此。

"美国进化生物学家罗伯特·特里弗斯（Robert Trivers）于1971年提出互惠利他主义思想，用来解释非亲属生物间的利他主义行为。美国政治学家罗伯特·阿克塞尔罗德（Robert Axelrod）运用计算机竞赛模型的分析来研究重复的两个囚徒困境显示，即使是在纯粹的利己主义者之间，建立在互惠基础上的战略，如'一报还一报'能够显著地促进合作。

"实验是这样的：在游戏中有两个人，他们可以独立选择'合作'还是'不合作'。如果双方都选合作，各得3分；如果一方合作一方不合作，则合作的得0分，不合作的得5分；如果双方都选不合作，各得1分。（显然对群体最优的策略是都选合作，得 6 分。）阿克塞尔罗德则依据这个法则做了个实验，要求每个参赛者以得分最多为目的写出计算机程序，然后用单循环赛将这些程序两两博弈，找出什么样的策略得分最高。

"最后，得分最高的策略是加拿大学者罗伯布写的'一报还一报'策略：第一局合作，以后每一步都跟随对方上一步的策略，你上一次合作，我这一次就合作；你上一次不合作，我这一次就不合作。

"同时，阿克塞尔罗德又做了一个实验来证明'一报还一报'策略不仅适用于不变的群体，对动态的、可进化的群体同样也适用，而且还可以作为一种优秀策略向下遗传。进化实验是这样做的，游戏中的策略可以向下遗传，但开始时人们不知道哪种策略好。如果一个人合作性越好，他后代的合作基因就越多，同时，比赛的过程还是相互学习的过程（哪种策略好学哪个）。

"实验中有 63 种对策方案，第一轮得分越高的策略，在第二轮中被实施的比例也就越高。实验结果表明：'一报还一报'策略原来在群体中是 1/63，经过 1000 次对抗赛（假设这就是进化的进程），当结构稳定下来时，它提高到了 24%。这个策略由于令他人得了高分，因此赖以生存的基础十分牢固，而其他自私的策略即使一时成功了，但有很大的概率在后来被淘汰。'一报还一报'的互惠利他行为是获益最为稳定、风险最小的，因而被保留了下来。

"从宏观方面来看，一个人对其他人做出了利他行为，这种行为可能从长远来看是对自己有利的，因为被帮助的人可能反过来报答他或者他所在的种群，而通常来讲这种利他行为不一定以牺牲自己为代价，再加上有所回报，因此这样的行为不会被进化淘汰，反而成为自然选择的一种优势。"（摘自果壳 文章题目：《为什么人们爱管闲事儿？》作者：香港中文大学教育心理系硕士老世静 原文链接：http://www.guokr.com/

article/83257/）

所以道义、良心、愧疚感成为每一个人的"标配"，否则就不能称之为人。所以在一段关系中保持低 PU（亲子不确定性），就是利用了"一报还一报"的心理，让我们在一段关系中获得我们想要的。每个人的心中都有一台天平，对利弊的权衡精确到无法想象。一个人过分地向他人索取或者过分地给予他人，都会造成心理天平的严重失衡。而圣母，就是过分地给予他人。她们意识不到，在对方并不想要的时候给予对方，其实是一种变相的索取。让男方有轻微的内疚感有助于两人关系的长期保持，而圣母让对方负疚感太重了。一道菜，寡淡无味是不好吃的，一般人会需要多一点点盐才能吃，圣母就是为了让对方爱吃而把盐放多了的一种存在。

圣母通常存在于需要女方大量付出才能维系的关系中，但是女方一方面不甘心只是付出得不到回报，另一方面又知道以自己的价值没办法要求回报，所以通过付出的方式要求男方给她提供巨大的情绪价值。

避免成为圣母也有办法。只要我们时刻记住：一个人之所以付出，只能是因为你想你欲你愿意，而不能因为他渴他望他需要。倘若你执意要付出，那就请享受自己的伟大，沉浸于自己的圣母情结，但勿要指望回报。圣母之所以是圣母，伟大之所以伟大，恰恰是因为她不需要回报。

在恋爱前，
一定要清楚的心理学小常识

很多读者在来信里都会提到类似的问题：为什么我越对他好，他越不在乎我？为什么我想亲近他，他却很抗拒？为什么他总是注重自己的个人空间，而不愿意和我太亲密？为什么我为他付出那么多，他却不知道感激？

说到这个，我们需要学习一些基本的心理学常识。

心理学家金·巴塞洛缪将成人两性之间的依恋类型分为四种：对自己和他人的评价都积极的人属于安全型，这样的人对亲密关系和相互依赖感觉自在、乐观，喜欢社交；对自己和他人的评价都消极的人属于恐惧型，这样的人普遍担心遭到拒绝，不信任别人；对自己评价积极、对别人评价消极的人属于超脱型，这样的人信赖自己，对亲密关系不感兴趣，淡漠而独立；而对自己评价消极、对他人评价积极的人属于多虑型，这样的人对亲密关系感到不自在或保持警觉，容易嫉妒。对自己评价积极与否与对遭到抛弃的担忧正相关，对别人的看法积极与否与对亲近的自在程度正相关。

用通俗一点的话来说，在爱情中，比较自信的人，倘若他对亲近的自在程度高，那么他会非常适合作为一个恋爱对象；倘若他对亲近的自在程度低，也就是对他人的看法比较消极，那么他会显得对亲密关系不感兴趣，很独立，喜欢保持自己的空间，不太喜欢和对方太过亲密。在爱情中，比较不自信，担心遭到抛弃的一方，则分为多虑型和恐惧型。

在恋爱中，其实最难匹配的就是多虑型与超脱型这样的一对。虽然出现这种情况的概率表面上算起来只有十分之一，但很多时候，只要恋爱关系失衡，就特别容易陷入这样的相处模式。付出比较多的一方会相对患得患失，担心失去一切，而付出相对较少的一方容易变成超脱型，凡事回避且疏远，抗拒亲近，也不太尊重对方。一方想要拼命抓住对方，另一方却只想躲避，而且越是逼得紧越是凑不到一块儿。

处理这样的问题，当然是需要双方的心理一起做调整，先天多虑型的人，需要多内省，建立自我的空间，丰富自己的生活，学着信任对方；而超脱型的人，如果想长期和对方相处下去，则需要摆正自己和对方的位置，务必给予对方更多的关注和爱护，让对方有更多的安全感。

至于后天的不平等关系造成的多虑型，我建议不要在恋爱的过程中过分付出，而且要做好保护自己的准备，避免因沉没成本过多而造成不甘，继而陷入自虐式的怪圈。所谓害人之心不可有，防人之心不可无，在恋爱的过程中拒绝不合情理的要求，尤其是在恋爱的初期，是必要的自我保护。虽然可能会有一定的负面影响，但是，信任的建立是一个长期的、循序渐进的过程，就好像信用卡的额度一样，一定是逐渐提升的。能够明白这一点、通情达理的人还是占绝大多数。如果在恋爱初期便提出借款或者性要求的对象，严格来说，多数都抱有不正当的目的。在你拒绝他的要求后，如果对方大发雷霆或者表示不能理解，一般来说是心虚的表现，就不用委屈自己而去盲目迁就对方。

当然，这是比较极端的个例。每个人进入状态的速度有快有慢，不能一概而论。但是，在多数情况下，在恋爱中保持适度的自我，不要过分付出，不要过于依赖对方，不要有太重的得失心，这是男女普遍都适用的准则。

Ayawawa 语录

★ 不要在恋爱的过程中过分付出，而且要做好保护自己的准备，避免因沉没成本过多而造成不甘，继而陷入自虐式的怪圈。

★ 信任的建立是一个长期的、循序渐进的过程，就好像信用卡的额度一样，一定是逐渐提升的。

延伸阅读 如何在恋爱中保持适度的自我

如果你能做到下面这两点，那么你就能做到保持自我。

第一点是经济独立。

经济独立，是自由地选择自己的人生的第一步。你在经济上有多依赖一个人，你的自我就会离你有多远。

第二点是做好风险预设。

做好风险预设就是说在进入这段关系之前，你就要确定你能承担这段感情最糟糕的后果，俗话说就是"输得起"。当你做好了风险预设，你就不会在这段感情中患得患失，也不会因为失去对方而痛不欲生。

王小波曾经说过一句话："人的一切痛苦本质上都是对自己的无能的愤怒。"那些在一段感情中失去自我的人，大多是在高攀，他们在心底深深清楚，以自己的 MV（伴侣价值）并没有办法匹配这样的伴侣，离开了这个伴侣之后，他们找不到更好的对象，只有把自我作为礼物双手奉上，让对方感受到你跪舔的酸爽，才能停留在这段关系中。

高攀，就会风险更高。高攀，得到是偶然，失去才是必然。高攀，就不要抱着侥幸的心理。

　　一位关系很好的男性朋友说，电视剧《奋斗》已经过去很多年了，但他还是喜欢米莱那样的。

　　米莱是一个怎样的人呢？富家女、貌美、仗义、缺心眼儿，会爱上一个比自己平凡很多的男人，还奋不顾身、至死不渝。我想男人们的心态是：即使我不买猪肉，我也希望猪肉便宜点。有米莱这样一个女孩子，当然会欣喜若狂。这种自私无可厚非，但把这个作为 YY 对象就有点过了。非常不喜欢有人借着爱情的名义 YY，当然是你自己要足够好，对方才会更喜欢你。我记得张小娴的文章里说过，不要说我就是爱她这个人，倘若她不是具有你所喜欢的性格，不是长得那么漂亮，还是会喜欢吗？当然不是。

　　就我个人而言，爱上一个一无是处的人，这是和刚果地区出现了粉红色的大象和会飞的巨蜥以及会唱歌的翼手龙差不多的概率。如果真有这样的例子，我建议这个人去看心理医生，而不是盲目地"爱"下去。

　　不过在书里，我们比较容易看到的是，一个人没来由地爱上了另外一个人，而后者在众人的眼里简直一无是处。相信童话故事的人都好好想想，为什么有句俗话叫"无巧不成书"？可能后者是一个卖淫女，是一个有三个孩子的单身母亲，但是，她身上一定有着什么闪光点，是一般人难以企及的，比如情商、智商、生活品位、幽默感，抑或其他。媒体总是喜欢欲扬先抑，把一个人的缺点找出来然后牢牢踩死，再把他捧得高高的。这样的落差是行文的固定方式，大家不要中了标题党们的计。

晚上和几个朋友一起吃饭，又谈起《奋斗》，在座的两位男士居然也说喜欢米莱。

我嗤之以鼻地说，米莱这种女孩子，只有旁观者喜欢，当事人是绝对不会喜欢的。某位男士激烈地反对我，我们姑且叫他小曹。小曹说，如果他遇到这样的女生，一定会喜欢。要是她家里不是那么有钱，就更好了。我说："首先，她家里不是那么有钱，她就不会是这种性格。仓廪实而知礼节，衣食足而知荣辱，当然是没有衣食住行的牵挂，才会那么投入地爱一个人。其次，难道你的意思是说，如果一个女孩子很爱你，各方面条件都很好，你就一定会喜欢吗？"他刚刚想说话，突然想起那个默默爱他七年却不被接受的女孩子，于是立马噤声了。

我觉得这一招特别管用，于是晚上打电话给那位男性朋友，问他："还记得在国外的那个小 W 吗？她就是家境好、性格好，还漂亮，你之前为什么不喜欢她呢？"那位朋友嗫嚅了几声，佯怒说："妈的，不要逼我去接受她。"

不需要更多的例子了，男人们请想想，身边是不是真的没有喜欢你喜欢得要命而且条件也不错的女孩子？你们自己又是怎么看待她们的呢？在男主人公的眼里，米莱不过是一个招之即来、挥之即去的小笨妞罢了。身在其中的时候，是不知道珍惜的。

以前我在一个论坛上从一个色男的言论中推理出对方自大兼无用，还推断出对方的出身和现状。对方很恼火地说我太刻薄，我说，那就更证明了我说得准确。"刻薄"这个词，本身就包含了部分认可的意思。旁观者看到米莱，一个如此优秀的女孩子，竟然爱上这么一个男生，付出这么多，其实在潜意识里都会觉得这是本不应该发生的事情。看到不该发生的事情发生了，我们的情绪才会产生极大的波动，不然，怎么会有那么强烈的同情心和补偿心态呢？这是编剧的意图，是戏剧的效果，但并不是生活的本质。

生活中，这样的事情是不应该发生的。

谁都希望有一个人有着金城武的脸、比尔·盖茨的财富，还有着极其优异的品行，还爱自己爱得死去活来。不过，我个人觉得这是 YY，而且，非常没有水准。不明白为什么男人们都喜欢 YY 米莱？

千万不要做米莱，千万千万，我一直都这么告诫自己，也告诫身边的人。是的，旁观者都会喜欢米莱，男人们也会喜欢米莱那样的，你看陆涛不也喜欢米莱吗？但不是爱，只是喜欢罢了。当他们遇到夏琳的时候，还是会奋不顾身地扑上去，从不顾及米莱的死活。

刚看到两篇评论，我觉得里面写的非常正确，贴上来作为补充：

1.男人们说喜欢米莱，道理很简单，你们就喜欢那种缺心眼、傻乎乎的，不论你们做错什么事，就算是心里有其他女人，这傻妞还是义无反顾地爱你们。说得通俗一点，这傻妞是最后的备胎，何况还是家里有钱、长得也不难看、死心塌地傻爱你的优质备胎呢！其实女人也一样，喜欢这样的优质备胎，但不会去爱吧。

2.如果你有钱，男人就会觉得你对他的付出是一种爱！如果你没钱，男人就会觉得你对他的付出是一种压力！

Ayawawa 语录

★ 一个条件足够优秀的人，爱上一个一无是处的人，这种事在现实生活中根本不会发生。

★ 男人都喜欢优质的备胎，但不会去爱。

读者"迷人的小笨猫"提问 ─────────────────────────★

娃娃姐，我谈过几次恋爱，每次都被男生当成了备胎，遇到真爱就把我抛弃了。请问，在恋爱中怎样判断男生是不是把你当成备胎？又有哪些女生容易沦为备胎呢？

Ayawawa
贴心回复

　　我相信每个人的家附近都有一些虽然不怎么好吃，但是在自己实在不想做饭的时候特别想去吃两口的小饭馆吧，备胎就好像自己家旁边那些临时想起来才会吃的小饭馆。如果你不想成为这样的小饭馆的话，可以从下面两方面下手：

　　第一个方面是提升自己。如果你是刘亦菲或者奶茶妹妹的话，你觉得你自己会成为别人的备胎吗？不会吧。如果在一段关系中，你可以随时翻看他的手机、查他的岗，你会觉得自己是备胎吗？也不会吧。提升自己就是做一个做菜超级好吃、门口永远都有人排队、大家千里迢迢都会想去吃的大饭馆。不做备胎，就是在恋爱中拥有了更高的选择权，在这种情况下，没有人会把你当作备胎。

　　第二个方面是降低期待。一人女孩子如果在一段感情中成为备胎，十有八九是因为她在高攀。高攀就意味着高风险，那么在这段感情中的期待就不要像正常匹配的恋爱关系那么高了。因为当你在进入一段高风险的关系的时候，其实在对方看来就默认了你可以承担高攀的风险，所以承担高攀的代价是你在这段感情中应该考虑的事情。降低期待就是做一个服务态度超级好的小饭馆。我们都知道，从顾客很少的小饭馆成长为总是有人排队的大饭馆是一条非常艰难的路，那么做一个不让人反感的小饭馆，抱着"虽然菜做得不是很好吃，但是我愿意一直努力"的态度，也能让小饭馆盈亏自负。

　　最容易沦为备胎的女生，就是那些贪心的女生，如果你不想沦为备胎的话，就不要高攀。

炼爱第一步：
学会做一个优秀的对手

我的163邮箱收到了一封倾诉信，里面牵扯了很多很有普遍性的问题，包括自己为对方付出的不甘、失去了处女身的迷惘，以及对未来的担忧，等等。总之，又是一封对男方付出太多、现在面临分手、不知未来如何是好的来信。

我一直有点踌躇，不知怎么开始落笔。今天中午，好朋友小狸兔突然补送了我今年的生日礼物，是瓶HUGO BOSS女性版的香水。本人对香水的研究不太多，所以回来上网查了下这一款的介绍，发现中心点是"越斗越爱"，觉得灵光乍现，于是直接拿来用作这篇文章的引子了。

在生活中或电视里，我们经常看到类似的剧情上演，即无论女方怎么委屈，怎么付出，不光奉献了自己的第一次，还不顾父母的反对，拒绝了很多富贵的追求者，失去了很多好机会，男人最后还是不把女人当回事。这完全可以证明：女人的奉献多少，并不是能否得到对方的爱的关键。你的任劳任怨、无私付出，倘若没有必要的技巧辅佐，极有可能成为一个口口相传的笑话。

这就引出我想说的中心思想——越斗越爱。男人不会爱上一个他不够尊重的女性，即使你付出再多，他们可能也只是当作消遣。大多数男人是不会因为害怕辜负某一个女人而委曲求全的，该分手的时候，他们照样要分手。如果男人会因为怜惜女人的付出而无论如何都要委屈自己的话，世界上就不会有分手，也不会有那么多猥琐男整天讨论处女之类的话题。

男人需要的，永远是能够相互较量的同一水平线的对手。而你对他奉献了多少，忍让退缩了多少，并不能直接影响最终的结果。出现不爱这种事情，一般都不是她对他不够好，而是她不能和他平起平坐，不是一个让他尊重的对手。

很多人可能对我的说法不感冒，拿出一些反例驳斥我。这里需要提醒一下，我说的"斗"，当然不是要你力大无穷地去和男人打架，或者声嘶力竭地和男人争论。斗也是需要策略的，男人不会喜欢女人像自己一样野蛮，你看女足永远不会像男足那么有市场。女人的"斗"，靠的是技巧，是谋略，是灵活度，是虚晃一枪，诱敌深入，从容脱困。扮猪吃老虎也是一种斗，温存、适当地示弱也是一种斗，泪水涟涟也是一种斗，这些都是搏斗中的技巧，再怎么花样翻新也是搏斗的一种。你可以脸上泪水涟涟，但千万别心里泪水涟涟，想着自己胖就喘了起来……做一个外柔内刚的女人，永远让他把控不住你，多数时候对你有害怕失去的感觉。在爱情的战场上和他成为最佳搭档，这才是斗的精髓。你看大象那么大，一样害怕老鼠。

我又要说那句老话，多数人分不清楚失落感与挫败感、好感与感激、满足感与安全感、崇拜与爱情的分野，这句话女人适用，男人也适用。当你让一个男人对你有好感，被你弄得有挫败感，对你有怜惜之情，有保护欲，或者被你弄得晕头转向，除非他以前受过感情重伤还没恢复，或对自己的潜意识拿捏极准，否则，他会"发现"自己"爱"上了你。

当然，一开始要把眼睛放亮，找个合适的、你瞧得起的对手。太猥琐的人，根本就不适合与之纠缠不清。还有，你确定斗不过他的时候，一定注意别让他打中你的要害；如果已经被打中了，一定要挣扎着爬起来掩饰好，否则，还会被他或者其他对手再度加害。

另外，无论在搏击场还是情场上，男人的胜利是把对方放倒，女人的胜利是和对方纠缠到最后一秒才倒下。

　　曾经有人说过：与人斗，其乐无穷。

慧眼篇

MR.RIGHT 的
正确识别方式

关键时刻不会站在你这边的男人，绝不会只让你失望一次

前几天，我的闺密和我很痛苦地倾诉，她爱上了一个比自己小的男生。

我说："那是好事啊，有什么不好的？"闺密说："他千好万好什么都好，唯独一点，他父母如疯子般反对，做出很多夸张的事情。"

我问："那他的态度呢？"闺密说："他很软弱。"

我"哦"了一声，说："软弱的人往往最伤人。"闺密说："是啊，搞得好像地下工作者一样。"

我问："能换个吗？"闺密说："一时间找不出来，换也要有合适的男人值得去换。"

我说："他那么爱你，就不能为你争取一下吗？"

闺密说："他看起来很爱我，什么都好，唯独软弱，我杀了他也没用。"

我说："他不是剑，但他会让所有的剑都指着你。你不害怕吗？"

闺密说："我不怕骗子、恶棍、坏蛋，唯独怕人家对我不真心。"

当时我恨不得一棒子打醒她，就放了句很重的话："一个成年男人，他如果不肯帮我去争取，不肯帮我出头，那我还有什么做女人的骄傲？"

闺密说："他们家里把他管得死死的，连上下班都是车接车送的，那样恐怖的父母，他还敢和我继续交往已经不容易了，只是我们是地下的，见不得光罢了。更何况，他每次都说，老婆对不起，是我不好，让你受苦了。对不起，你打我吧，我放不下。"

我在拼命劝诫这位闺密，哀其不幸怒其不争的同时，突然想起一位曾经的数学老师。

这位老师是我们学校的副校长，百忙之余只教我们一个班，教课很用心，而且极其认真。

可是，他或许是一个合格的校长，但绝不是一个合格的老师。我们整个班当年的升学率因为他起码降低了不下 20 个百分点。

我们年级里一共 10 个班，我们班是重点班里面的重点班，当时招的都是最好的学生。等到二年级的时候，我们班语文、英语都是全年级总排名第一的，但数学基本排在全年级倒数第一、二位，和低差班并行。

数学竞赛时每个班派 1~2 名代表，我们班因为该老师是校长的原因拿到了 10 个名额，但是结果出来，其他所有班级都拿了奖，唯独我们班全军覆没。

我进校时是奥数生，进校的时候几次数学考试都是全班第一，被他教了两年成了班里的中下水平。中间有老师代过半年课，那段时间我们班的整体数学水平提高了不少，有时候考试我还拿满分，他回来之后，我接下来的三次小考分数依次是 98、86、76……

我经常和我妈抱怨这个老师不好，我妈劝我说："你想想，他一个校长，能抽出时间这么来教你们已经不错了，而且他态度那么好，那么喜欢你们，每次见到我们这些家长都笑眯眯的，挺和蔼的，而且老表扬你。"

当时我就怒了，说："他的能力和他的人品根本就是不相干的两码事。要说态度好，我找一个扫大街的来，态度比他更好，可是，他能不能胜任这个职位才是最关键的。我不需要他是副校长，不需要他多么位高权重，能把我们教好，他才是个好老师。"

我妈说："那也没办法，他是副校长，如果是普通老师，你们或许可以要求换掉他，现在这样你只能自学了。你们班不是有很多人都是自学的吗？"

然后我说："就是因为这个我才更讨厌他。'陈力就列，不能者止'，可他现在做的什么事？"

换到今天，这个软弱的男人和这个老师何其相似。他们一样占着不该占的位子，做着不恰当、不适宜的事，害人不浅，还两眼无辜。

当然，我相信他们不一定是出于恶意，或许真的是好心，是好意，但无论他们出于何种用心，带来的都是同样不堪的后果。那么问题很简单了，无论软刀子还是硬刀子，只要割起来一样见红，本质上又有什么分别？

回到文章的开头，撇开闺密这位男友没有能力对抗父母的情况不谈，用更大的恶意揣测一下主人公吧。

梁凤仪有部小说，里面有段话看了让人特别心凉，大致意思是说天下哪有离不成的婚，无非是外面的人不值得付出这么大的代价罢了。要是××（文中美艳巨富女）肯跟我，我马上连家产都双手送给黄脸婆，以换取人身自由。

所以任何事情，不外乎是在某些现实状况下，权衡利弊后采取的相应行为。他之所以"软弱"，不外乎是觉得安抚你比起对抗父母要来得容易且方便。软弱？笑话。把刀架在他脖子上，你看他那时候软弱不软弱？人家温莎公爵连江山都不要，他有什么比江山更放不下的东西吗？当然没有。唯一的理由是：你不是辛普森夫人，你不值得。

亲爱的，你抬头看看这个以和为贵的世界上，一片祥和，歌舞升平，哪里还会有多少青面獠牙、张牙舞爪的想象中的坏人呢？而那些明知自己能力不够，却要沐猴而冠、尸位素餐，浪费你的时间，扼杀你的未来，让你付出高昂的机会成本，让你不开心、不愉快，甚至痛苦万分的人，才是最坏的人哪！

他们的惯用手段是在其位不谋其职，打着软弱的旗号不作为，让你不断付出，用你的青春和机会成本为自己的无能埋单甚至陪葬，你愿意吗？

Ayawawa
语录

★ 软弱的人往往最伤人。他不是剑，但他会让所有的剑都
指着你。

★ 天下哪有离不成的婚，无非是外面的人不值得付出这么
大的代价罢了。

恋／爱／心／法

极品男和极品女
总是成对出现的

常常有好女人哭诉自己爱上了一个极品男，悔不当初，仿佛自己多么弱势、多么凄惨。话说可怜之人必有可恨之处，找上极品，除了社会原因，女人自己的眼光也要承担很大的责任。骗子之所以得手，往往是因为掌握了人性的弱点，但骗子也是人，也会经常露出马脚。没有从这种蛛丝马迹中发现问题的症结，那就是女人自己不能慧眼识珠了。

我不是不认识垃圾男人，虽然我的好友都是人品很正的男孩子和品貌俱佳的女孩子，很善良又一点不势利的那种，但似乎越是这样的人，越容易认识一些垃圾极品。

极品之所以是极品，当然不会是在偶然的机会下才成为极品的，平时的蛛丝马迹就可以窥一斑而知全豹。

细细与男友交往五年，男友一直喜欢在外面花天酒地，每次被细细抓到把柄都痛哭流涕，发誓悔改，细细也一再原谅了他。细细怀孕了，医生说因为她身体的原因不能做人流，否则她可能丧失生育功能。细细想，都交往五年了，干脆结婚吧。这时没想到男友开始极品起来，没有彩礼，没有房子，没有婚礼，没有父母的祝福。顾全大局的细细收拾了自己的东西嫁了过去，孩子生下来了，老公根本不管不顾。孩子六个月的时候，细细发现在怀孕期间和婚后，老公竟然和三个以上的女人有染。细细终于愤怒了，迸出一句"狗改不了吃屎"，然后开始筹备打离婚官司。

　　我不同情细细，一点也不。为什么她非要狗改掉吃屎呢？在法律上，过于自信是需要背负对后果的预见的责任的。也就是说，倘若是行为人已经预见到其行为可能导致某种危害结果的发生，但行为人自恃具有防止结果发生的有利条件，自信这种结果不会发生，过高地估计了避免危害结果发生的有利因素，过低估计了自己的错误行为可能导致危害结果发生的程度，这种"轻信"是不能免责的。

　　细细就是一个因为轻信自己男友而酿成悲剧的例子。

　　再说一个非常典型的发生在我朋友身上的例子吧。

　　朋友因为是完美主义者，一直保持单身，最近偶然遇到了以前初中时认识的男生。

　　那个男生曾经和她暧昧过，但两人最终没有在一起。这么多年下来，两人虽然没有联系，但是彼此都知道近况。2015 年该男生结婚了，今年又离婚了。

　　现在两人的巧遇让她隐隐约约生出一种感觉，觉得大家知根知底，似乎还可以"再续前缘"。在外人眼里很挑剔的她，因为这个男人的出现，突然觉得生活美好了起来。

　　我想说，开始一段感情，这是没什么问题的，但是听她说过这个男人的行为，比如"新婚后连续三天三夜不归宿导致离婚"，比如"知道别的女孩子要结婚，还长时间给人打电话"，我不由得要提醒她一句：提防极品，从身边开始。

　　我的一个相交多年的朋友小 K 就有过一段惨痛经历。小 K 和老公是高中同学，我们整个朋友圈子都是认识她老公的，他也是一个普通的男孩。恋爱长跑九年后，两人结婚了。后来，男方到深圳工作了两年，回来闹着要离婚，理由是爱上了同事，并对她说："我从来没有爱过你，和你在一起是因为你对我好。"

　　可是我们都曾经目睹，他是怎样追求她，喜欢她，为她付出。不过几年时光，他就摇身变成极品，变幻出狰狞的面目，实在让人扼腕。

说这个故事的目的，就是告诉我这位朋友，不能因为你们曾经认识，你就可以掉以轻心一头扎进去，一样需要小心谨慎，用以前考察其他男生的方式去考察他的行为，看看是否符合你的标准。

亦舒师太在她的书里反复提到过初生婴儿都一样娇嫩可爱，然而世界上无论多么狰狞肮脏的面容，一样是由这些粉嫩透明的面容变化而来的。所以不妨试想，世界上有那么多极品，难道他们身边都没有从小一起长大的女孩子吗？难道这些女孩子都知道他们是极品吗？

很多极品也是由普通人变化而来。你并不知道，你和他没在一起的日子里，他都经历过什么。在那么漫长的日子里，他的不如意、不得志，甚至如意、得志，都可能演化成狰狞与恐怖，演化成内心的冷血与无情。这样的变化，并不是你所能预见或者知情的。

除了拥有一段共同的回忆，你们依然只是陌生人。很多人虽结婚十年，仍会觉得身边的伴侣形同陌路，你又怎能通过曾经那么短的浅浅接触，直接把他划为可发展的对象？

不是不能爱，而是依然需要考察和权衡，不能因为你们曾经认识就对他一路开绿灯。并不是相识又相见就叫缘分，缘分这个词很微妙，它只存在于你心里。话说楼下卖烟的大爷，你每天见他一次，一年见三百六十五次，不也没觉得有缘吗？

Ayawawa
语录

★ 骗子之所以得手，往往是因为掌握了人性的弱点，但骗子也是人，也会经常露出马脚。没有从这种蛛丝马迹中发现问题的症结，那就是女人自己不能慧眼识珠了。

★ 爱是需要考察和权衡的，不能因为你们曾经认识就对他一路开绿灯。

读者"迷人的小笨猫"提问 ────────────────── ★

你曾说好男人和坏男人都是自己培养出来的，在你身边的渣男，到了别人那里可能变成好男人，那么在别人身边是极品的人，到你身边也可能变成好男人哪。

Ayawawa
贴心回复

你说得确实很对，但是你有没有想过，这样的情况只会发生在那些天生就懂得如何处理两性关系的女孩子身上。

我们要清楚，这个世界上存在很多并不懂得如何处理两性关系的女孩子，她们只懂得如何在一段感情中一味地索取，把好男人变成渣男，在社交网络上怨天尤人，说"好男人都哪儿去了"。如果换了一个在别人身边也是极品的人做她的男朋友，你觉得她有可能把他变成好男人吗？可能性不是很高吧。

这就好比这个世界上有很多不学习就可以考得很好的人，也有很多通过学习之后，成绩刚好及格的人。每个人都觉得自己不好好学习就可以获得不错的成绩，但最后我们不都是被这个真实的世界教育了吗？

如果你觉得自己不是一个天生就懂得两性关系的幸运儿，曾经在一段又一段的关系中黯然神伤，那么就学习一点两性知识，识别到底什么是渣男，学会如何用正确的方式和男孩子相处。不要妄想一个极品在来到自己身边之后，就可以成为一个好男人。我们没有任何改变别人的能力，我们能做的只是改变自己。

──────────────────────────── ★

他拖着不结婚的原因，你真的知道吗

好友小寒有一个青梅竹马的男友，两人赶上了校园恋情的末班车，相恋多年，但迟迟未步入婚姻的殿堂。

聚会的时候，看到同学们纷纷携带家眷孩子，小寒也忍不住向男友索要婚姻。男友双手一摊，为难地说："你看，我连房子都还没有，拿什么娶你？你父母又不看好我，我想再奋斗几年，给你最好的婚姻。"小寒看着身边众多租房结婚的案例，觉得男友这样的态度甚是负责，心便宽慰了下来。

这样一拖拖到小寒快30岁了，小寒急了，逼宫，男友说的话却像晴天霹雳："我们婚后能不能不要孩子？"小寒一听大惊，男友早知她天性喜欢小孩，现在提出这样的说辞，难不成是想借机拖延婚事？男友一副无辜的表情："我完全没有别的意思，就怕养不起。"

小寒大失所望，于是双方不冷不热地一直拖下去。到年底，小寒就满30岁了。

另一个案例，来自同一个圈子的A男。A男当年28岁时在上海交了一个漂亮的23岁的本地女友，女友在大学里还是班花。女方家长提出：你们要结婚可以，但起码要有100平方米以上的房子和30万以上的车。

说实话，这样的要求，其实在上海并不算离谱，问题是A男不是当地人，他从外地考入上海一所不错的大学，硕士毕业后留在当地工作，完全靠白手起家打拼，家里不拖累他，但是也没办法资助他，要一下子拿出这笔钱，简直是做梦。

事情的结果是：A 男唯唯诺诺地答应了下来，逢年过节必定拎着重礼去老丈人家表一番决心，拍胸脯说一定要买大房子，对女友负责。某次我打他手机说事，末了他忘了挂电话，听到话筒里他向丈母娘献殷勤的声音，和平日与我们说话的他简直判若两人。

一晃谈了五年恋爱，33 岁的 A 男已经是公司的中层干部，虽然每个月也就那么两万块，但是日子过得分外舒坦，公司新来的前台小美女对他更是眉目传情。

这个时候，女孩已经 28 岁了，前些年还有人给她介绍对象，后来周围人都知道她有男朋友，也就逐渐散去了。后来女方家长急了，催促小两口在一个不错的地段买了一套 80 平方米的房子，男方出的首付，女方出的装修钱。另外买了一辆 POLO 给小两口，女孩也就嫁了。女孩刚满 30 岁的时候生了一个女娃，是剖腹产，原因是女孩本来体弱，年龄也不小了，怕顺产不行。女孩产后恢复花了好长时间，我们去看她，感觉已经没有当年的精气神了。

很久以后，A 男独自出来和我们一帮人吃饭，席间喝得大概有点多，睁着蒙眬的醉眼说了句真心话："那五年等的是多划算哪，出去玩不用担心，认识其他女孩子也没压力，什么都没耽误，最后娶的还是她，还不用出那么多钱。"

在场的女士们听得纷纷后怕起来，说 A 男真凉薄。总结出来如下：所谓的想要对你负责任，其实是想要对他以后的老婆负责任，在你不是他老婆之前，他才不会对你负责任。他想要给自己老婆最好的，但你又不一定是他老婆，所以，在成为他老婆之前，还是多为自己做打算吧。

小寒一直听着没有吭声，后来莫名其妙地哭了起来。女士们面面相觑，也不知道该怎么劝。

送走小寒，在场的一位大姐语重心长地说："随着时间的流逝，女人的资本会越来越少——千万不要以为你身边的这个男人不知道这一点，他比你清楚得多。况且利用名誉和青春来逼迫你就范，只需要他信誓旦旦外加不作为即可，连黑脸都不用扮。"所以，遇到这样的拖拉机男人，女孩们要小心了，他倒不一定是不想娶你，很可能只是想等你降价大甩卖。

Ayawawa 语录

★ 所谓的想要对你负责任，其实是想要对他以后的老婆负责任，在你不是他老婆之前，他才不会对你负责任。他想要给自己老婆最好的，但你又不一定是他老婆，所以，在成为他老婆之前，还是多为自己做打算吧。

★ 随着时间的流逝，女人的资本会越来越少——千万不要以为你身边的这个男人不知道这一点，他比你清楚得多。

延伸阅读 大龄女生如何有效"逼婚"

俗话说："吃得苦中苦，方为人上人。"爱情也是如此。一件事情让你越快乐，你所得到的回报就越少；一件事情让你越难受，你所得到的回报就越多；如果你能对自己狠心，你就更容易（虽然不是绝对）得到你想要的。能让一个女人得到婚姻的最好方式，就是马上离开这个男人。

每个人都具有得失不对称性（Gain/Loss Asymmetry），对于相同的一件东西，人们失去它所带来的痛苦要大于得到它所带来的快乐。正因为如此，人们总是试图让自己不失去任何东西。这种现象被心理学家称为"损失规避"。

人们的损失规避心理，又引发了另外两种现象：

1. 赋予效应（Endowment Effect）

2. 安于现状（Status Quo Bias）

好事者做过这样一个实验：他们问一群大学生愿不愿意花四元钱购买一个杯子，结果多数人都表示不愿意。而当他们每个人都免费得到一个杯子后，过一会儿，当被问到是否愿意以六元的价格卖掉的时候，愿意卖出的人也很少。

2006 年，耶鲁大学经济学家基思·陈（Keith Chen）在对僧帽猴[1]进行的一个物品交换实验研究中，僧帽猴也表现出和人一样的敏感度，它们对损失的厌恶比对收益的欣喜强两倍。厌恶损失。天哪！这意味着什么？这意味着人类行为的基础——对损失与收益的偏好和偏差，早已扎根于僧帽猴和人的共同祖先身上，早已深深地刻在人类的骨子里。如果你掌握了人们的这个心理，你将完全可以成为一位"耍猴人"。

赋予效应[2]使得人们对自己拥有的东西加上了非常高的价值，导致人们不愿意去做决策改变现状，这种安于现状也是损失规避的一种表现。

值得一提的是，商家经常利用赋予效应，通过向顾客承诺无条件退货来达成更高的销售业绩。

---

[1] 僧帽猴：猴子的一种，因头部的颜色酷似僧帽而得名。

[2] 赋予效应：指当个人一旦拥有某种物品时，他对该物品价值的评价要比未拥有之前大大增加。

人们总是试图安于现状，抓住眼前的一切不让它们溜走。这时你突然剥夺对方的现有物，会使之产生巨大的心理波动。比如说他劈腿，在你和她之间犹豫不决的时候，如果你突然剥夺他的选择权，这时，他得到她的快感就远远比不上失去你的挫折感。有时候人们之所以不珍惜，是因为他们还有更好的选择机会。好比我们去市场买菜：芹菜多少钱一斤？两块？好吧，我再往前走走看，看看里面有没有更便宜的，如果没有我就折回来。如果你在天黑的时候奔进菜市场，抓住最后一个准备要走的菜贩，你会说：快！芹菜给我来一斤。这个时候，你不会计较价格。反之，如果你是一个菜贩，因为要去接幼儿园放学的孩子而不得不赶快离开菜市场，你会大叫：芹菜五毛啦，便宜卖啦！很遗憾，婚姻市场是一个永不落市的市场，有那么多"卖家"在涌入，你得赶快结婚生孩子，没有太多时间和优哉游哉的"买家"讨价还价。所以，你最好的办法就是竖起一面大旗：有机蔬菜，仅此一家，不买拉倒。

当你发现面前的这个男人试图推脱婚姻，你应该想到两种可能：

1. 他想和你结婚，只是需要一点时间来思考。

2. 他不想和你结婚，但不想主动来开这个口。

当如此残酷的现实摆在你面前的时候，你应该不要解释，不问青红皂白，没有任何预兆地和他断交。

如果他不来找你，他应该是早就有了和你分手的决心。如果他来找你，先拒绝见他，温柔地告诉他："我很喜欢你，我和你在一起也很快乐，不过，我不是那种无限期和人恋爱的人，我们也许需要给彼此一点空间。"

然后，他打的电话你只接一半，其余的（尤其是晚餐时候）你可以让它一直响，然后回条短信说：现在不太方便接电话，10点再联系。然后你可以在10点后接他的电话——如果他打来的话。这样过上两个星期之后，让他10点后也找不到你，只能在上班的时候找到你。

他会急的，也许他会趁机寻欢作乐几天，甚至他会试图去另外结交新女友——结果人家张口就问他："你有房有车吗？"于是他会开始反省：我到底错过了什么？

注意，不要对外抱怨你的男友。如果男友的朋友或父母给你打电话，你可以同样很温柔地告诉他们：

我和 ×× 之间有点误会，也许需要一点时间来让你们接受，谢谢你们的关心。

我和 ×× 存在一些不知道能否解决的分歧，希望你们能理解，我自己会处理好的。

很高兴你们能打来电话关心我，不过两个人的事情也许需要自己来解决，谢谢了。

注意，自始至终你都要模棱两可，不说要分手，也不说不分手。态度要温柔，语气要强硬，一切都留给对方去猜测，他也真的会去猜测。

可以想见的是，他会经历一个"疑惑—愤怒—焦虑—悲伤"的过程，而在这个过程中，你是最大的赢家。如果他真心想和你结婚，你就可以很快收到求婚了；如果他不想和你结婚，你再等下去也不会收到戒指，这样做有助于你交到新的男友。

需要警惕的是，他会试图冤枉你、哀求你、打压你、辱骂你，试图把你卷回之前的关系中。不过这都不要紧，如果你所需要的是一个老公，而不是一个不想结婚的男友，这是你必须做的。

现在你知道如何有效逼婚了吗？

（《聪明爱：别拿男人不当动物》P214 杨冰阳）

　　常常有女生为了选 A 还是选 B 的问题而烦恼。一位叫佟欣的读者给我写信，说她今年 26 岁，在一所名牌大学读硕士三年级。现在身边有一个追求者 A，和她同级不同科系。A 为人真诚、善良，很聪明很上进，对她也极为体贴，希望能通过自己的努力打动她。佟欣说她也喜欢 A 身上的一些品质，但就是不能说服自己做他的女朋友。她父母后来也知道了这件事情，都不同意她和 A 交往，原因很简单：A 家庭条件太差，而且长相让他们也接受不了。佟欣觉得，自己虽然不是什么大美女，但气质还算不错，她总不愿意和 A 一起外出，怕别人认为他们是一对儿。虽然有时候她也为自己的这种"卑鄙"感到痛苦，她心疼他钱包不够鼓，心疼他对她的体贴入微，可是再心疼，她也无法说服自己去拉他的手。

　　与此同时，家人给她介绍了另一个男孩儿 B。B 在家庭条件、长相、经济等各方面都比 A 略胜一筹。她背着 A 见了 B 几次，不敢让 A 知道，因为实在有些不忍心。而对于 B，她也有很多不确定，A 有的那些优良品质 B 有没有呢？ B 是很认真地想跟她交往，他快 30 岁了，就是奔着结婚去的。但她又害怕她对 B 的感情只是一个男人能给一个女人提供一种稳定舒适的生活而引起的自然反应，而不是真的爱。她害怕多年后，等自己有能力买房子了，会回想今天的自己，不就是一套房子吗？怎么就放弃 A 了呢？而且，如果帅帅的 B 背叛她，那是不是会更加后悔没有选择平庸的 A？

　　我没有见过 A，但一个为人真诚、善良、努力、上进、聪明，对女友也很关心体贴的男人，女友都不能忍受他的长相，可见他有多么难看。我虽然不是外表控，但也能充分理解这位读者的心情：走在街上，得有多大的勇气才能承受路人异样的眼光？丑男挽着一个美女，当然有面子，但这个面子从哪里来的，当然不是天上凭空掉下来的，而是美女丢。人家肯定会觉得他很有能力，觉得是女生图他点啥，多半是为了钱。实际上呢，他并没有钱。所以，他选择对女友温柔体贴真诚来打动她。女生应该明白，那些完美如神一样的表现，多半都是表现给你看的，是恋爱时期的角色扮演。俗话说反转猪肚就是屎，任何人都有两面性，他可怕的一面，也许你只是没有机会看到。在你被对方迷住的时候，你说他真诚、善良、努力、聪明、上进的话都是不可信的。人都是势利的，要是你长得像凤姐而且家里又穷，他保证对你呼来唤去。所以，千万别觉得他的那些表现是本性，那不外乎是在为他的面子埋单。

　　我个人认为，家庭、长相、经济都好的男人，性格可能没有差一些的男人那么好，但是本性要好得多。究其原因，他既然已经有那么多优势，当然没必要苛刻和算计其他人。退一万步说，他没有经历过那么多苦日子，就不会在金钱上克扣你还有你们的后代，而这个是女人必须面对的最重要的问题。没有钱，连孩子都生不起、养不起。而接近 30 岁的女性，都已经是晚婚晚育的年龄了，难道想变成高龄产妇直接拖出去做羊水穿刺？直接在小医院生孩子？

　　这位读者说，倘若 B 君背叛了自己，会后悔没有选 A。我想问问她，倘若 A 君背叛她，难道她就不会后悔吗？并不是她在任何时候离开 A 君，都是对 A 君最大的惩罚。难道 A 君背叛她之后，她离开他，日子会比离开 B 君更好过吗？做梦！说难听了，富有的家庭重视子嗣的质量，你生的孩子将会得到很好的照料，而贫穷的家庭重视子嗣的数量，你生的孩子得你一个人带到老，他可以再找黄花大闺女给他生孩子。你儿子倘若是母亲带大的单亲孩子的话，在婚姻市场上也是很受歧视的。

我说个很简单的问题，你们就会懂了。倘若这个女孩和 A 君离异，那 B 君肯定早结婚了；倘若她和 B 君离异，没准儿 A 君还未婚呢。在这一点上，就可以看出来谁比较稀缺，谁比较抢手，选谁会比较好了。如果你不愿意照着大多数人的正常选择过活，那就势必要走一条比大多数人艰苦的道路。别逮着什么都当爱，任何人超出正常人那样哄着你，肯定是有目的的。倘若你想得到这种不正常的情感，就得付出不一般的人生代价。所以千万要考虑好，害了自己也就算了，别害了你的孩子。

同类问题，如果 A 男和 B 男，条件各有千秋，选谁会比较好？这个问题的标准答案是：想想看，谁婚后背叛你时你相对不会那么愤怒，日子不会因此更难过，孩子和你在被背叛的情况下还能得到很好的照料，那就选谁。

Ayawawa
语录

★ 丑男挽着一个美女，当然有面子，但这个面子从哪里来的，当然不是天上凭空掉下来的，而是美女丢的。

★ 别逮着什么都当爱，任何人超出正常人那样哄着你，肯定是有目的的。

什么样的男朋友
最该被甩

男友与前女友纠缠不清的故事，我听过太多了。

女孩去年刚大学毕业，有一个交往了三年的男朋友，毕业后两个人一起留在了北京，虽然开始时他们像很多同龄人一样一无所有，但女孩觉得两个人一起奋斗，为了心中美好的未来一起打拼也很幸福。

男友平时对她很好，但最近女孩发现他经常背着她跟网友聊天，最让她忍受不了的是他们聊天的内容极其暧昧。

以前他从不告诉她自己的QQ密码，前几天他加班，她上网时发现他忘了关QQ，就查看了他的聊天记录。女孩也知道这样做不好，但心里很好奇。查看后的结果让她很伤心，他几乎每个周末都通宵和网友视频聊天，言语间暧昧无处不在。而且和他聊天的对象不仅是纯粹的网友，还包括他的前女友和之前就跟他关系暧昧的一个女生。

女孩是一个完美主义者，不希望自己的感情有一丁点瑕疵。发现这些聊天记录后，她一个人在家哭了一天。当天，他下班回来后向她道歉，给她做饭，还保证说以后一定改，并当着她的面删了那几个QQ好友。她答应再给他一次机会，但每当想到那些聊天记录，心里还是不能释怀。女孩无法想象曾经那么多个周末，她在他身旁熟睡，他却在看着视频里别的女孩，对她们说着不明不白的情话。她无法忘记这些，所以对他也热情不起来。

其实，在他们刚开始交往的时候，女孩就知道他有些花心。江山易改本性难移，继续和他走下去，以后会不会有更严重的事情发生？结婚后他会不会出轨？女孩很矛盾，不知道该怎么办？

很早以前，我参与编写过一本中文的智商题书籍，为了不和市面上的益智图书雷同，我们查阅了大量资料。每本书必出的经典题目其中的一个是这样的：狡猾鬼只说假话，老实鬼只说真话，你不知道你所遇到的这两个人哪个是老实鬼哪个是狡猾鬼，怎样才能只问其中一个人一个问题，就知道面前的两条路哪条通往你要去的村庄呢？

这个问题衍生出的题目非常多，比如还有一些题目里会有介于老实鬼和狡猾鬼之间的正常鬼，还有经常说真话偶尔说谎话的鬼，还有经常说谎话偶尔说真话的鬼……咱们就说一下狡猾鬼和老实鬼吧。

这个社会是一个逐渐开放、包罗万象的社会。五十年前，婚前性行为是被鄙薄的，两个人住在一起叫作非法同居；现在婚前性行为逐渐被接受，有些夸张一点的城市，只要有身份证就可以去开房，甚至还有钟点房专供。在有些媒体上，部分专家还专门提出婚前试婚一说。在这样的社会里，最循规蹈矩的人当然是最先被优胜劣汰法则淘汰的对象。

我们可以想象，凡是花心的、脚踏两（多）只船的——我们叫他们狡猾鬼吧——都非常容易延续自己的后代，而循规蹈矩只爱一个人的男女——我们叫他们老实鬼——则容易被背叛、被甩、被抛弃和被剩下。

这是一场博弈，问题就是在这样的博弈里，只要狡猾鬼占少数，他们就总可以如鱼得水。当然，现在女的老实鬼觉醒的多了，提出了对男方的经济要求，从而在一定程度上提高了狡猾鬼欺骗的门槛。如果狡猾鬼们要玩弄女性，至少女性可以得到物质补偿。问题是这样的手段对于男的老实鬼来说是不公平的，也进一步促使了男性中的部分老实鬼变为狡猾鬼。

在这么一个复杂的世道中，你应该怎样与对方相处呢？当然就是采取"一报还一报"的做法。即对方是什么人，你就用什么方式来和他相处，只要不违背你做人的原则。

说通俗点，如果对方是一个老实鬼，对你一心一意，你当然不妨和他一起奋斗打拼，等看他功成名就那一天的到来。但如果他是一个狡猾鬼，你不知道的话也就算了，一旦知道的话，你当然可以选择换一个老实鬼重新开始。如果无法割舍目前这段感情，那你也不能用之前的方式来和他相处。请你自此将被背叛视为有对半开的可能，你所付出的一切都是基于你离不开他的自愿行为，他完全可以随时甩掉你。所以，你应该在和他相处的同时，再左右挑选一把看看，倘若能找个更好的人，当然也可以先出手甩了他。

千万别信一个狡猾鬼所说的话。是的，没错，婚前大家都有选择的权利。但是他在要和别人发展的时候，你起码有知情权吧。他连这种最起码的善意都不具备，你还指望他言出必行？即使他说要改，也未见得会改吧？要是等到你人老珠黄时，他遇到经济条件较好、长得也还行的女人，一脚踹开你，你找谁哭去？所以，要么你就顺应狡猾鬼的生存方式，把自己的日子过得精彩一点，给自己的机会多一点，要么你就找个老实鬼吧。

当然，顺便说一句，这位女孩的男友，完全可以列入我见过的最该被甩的男友前三甲。他没把你当成真心想要交往的女孩子，而且完全没有珍惜你的付出。

Ayawawa 语录

★ 对方是什么人，你就用什么方式来和他相处，只要不违背你做人的原则。

★ 如果对方是一个老实鬼，对你一心一意，你当然不妨和他一起奋斗打拼，等着他功成名就那一天的到来。但如果对方是狡猾鬼，你就应该顺应他的生存方式，把自己的日子过得精彩一点，给自己预留更多的机会。

　　前几天我看到这么一个悲惨的故事，两个十七岁的高中生偷尝了禁果，女方生下来一个小女儿，之后男孩被家长告知孩子已经死掉，实际上婴儿被男孩家长抱走送人了。后来男孩被送去国外读书，而这个女孩子没有上大学，一直边打工边寻觅自己的女儿。在打工中她多次被骗，某次不慎摔伤后没有医治，导致后来得了骨癌。女孩临死之前，男孩终于知道自己原来还有一个女儿，这才回来看她并决定将孩子抚养成人。女孩终于含笑九泉。读完这个故事，你是否觉得这个女孩子可怜又可悲，还有点可笑？之所以讲这个故事，是为了给大多数女孩一些警醒：青春期的小女孩，年龄小，心智未开，犯这种错是可以原谅的。但是有些女孩明明年龄已经不小了，在农村都可以当孩子的妈了，还会想掉头为自己的青春期冲动埋单，就太可笑了。

　　艾雨和现在的男朋友虽然只相处了半年，但她一直都知道男友是个很适合当老公的好男人。他孝顺，长得不错，有一份较好的工作，更重要的是他对艾雨很体贴。他几乎是一个完美的结婚对象，他们也都见过对方的父母，感情很稳定。但艾雨总觉得自己对他没有激情，虽然他很优秀，但是她从来没有对他产生过爱的感觉。不过年纪已经不小了的艾雨也明白，婚姻与恋爱不同，激情不能长久，婚姻需要的是稳定。

　　可就在他们准备结婚的时候，她遇到了自己的初恋男友。他们的感情是从初中二年级开始的，他是她的同桌。与很多美好的初恋一样，他们有很多单纯快乐的回忆，艾雨也曾以为，他们会一辈子这么走下去。但是后来班上同学开始传一些闲言碎语，说他和她在一起是有目的的。年少的他受不了别人说他，他们就莫名其妙地分开了。

分开后的十多年，他们几乎没有联系。艾雨平时也很少提起他，可上网的时候，还是会不由自主地看看他和她的星座合不合。令她觉得奇怪的是，星座指南显示她和他竟然适合做夫妻，而她和别人却都不适合。艾雨还记得，2008 年的时候，他曾给她打过一次电话，当时他还说："别看我身边有这么多女人，可我心里只觉得你是最好的，你在我内心的最深处。"

这一次的再相遇，艾雨发现他变得更加成熟、幽默，她再次喜欢上了他。他说分开的十几年里，他的记忆里一直有她，他说自己还保留着她送他的礼物和他当时为她写的日记。每当他们聊到以前的事情，那种默契都会让她觉得，他们似乎从来就没有分开过。他们在一起吃过几次饭，但只要一喝多，他就总会说"我们这辈子就这样了"，还说"很想把你捧在手心"，他还唱《找个好人就嫁了吧》给艾雨听。有几个晚上他们整夜都在一起，但是他并没有对艾雨有什么出格的行为，只是抱着她说说话而已。

艾雨说，她现在很迷茫，因为她自己都不知道对初恋男友的感觉是什么样的。其实现在的她和他的生活轨迹完全不同，他是生意人，有很多应酬，没有良好的饮食习惯和作息规律。对他来说，事业是第一位，朋友是第二位。艾雨现在很喜欢他，但又怕这种喜欢只是假象，她不能无缘无故地伤害她现在的男朋友……

这又是一个二选一的问题。那一句"她还记得，2008 年的时候，他曾给她打过一次电话，说：'别看我身边有这么多女人，可我心里只觉得你是最好的，你在我内心的最深处。'"，差点儿让我笑得水都喷了一屏幕。都过去七年了，她居然还把人家的一句废话记得那么清楚。我敢打包票，这种话他起码对五十个女人说过，而且对别的女人说的话没准儿更极尽谄媚之能事。你想想，其他女人都是弱智吗？明明没有被他放在眼里也会受宠若惊？要不是他到处甜言蜜语，让对方觉得自己在这个男人心中意义非同一般，女人们会争先恐后地陪他上床？恕我孤陋寡闻了。

印度学者古普塔做过一个很有说服力的研究。数据表明：由爱情结合的夫妻，婚后五年里，彼此爱的情感会不断减少；与此形成鲜明对照的是，由家庭之命结合的夫妻，开始的爱情水平并不高，但婚后会慢慢增加，五年后会大大超过因爱而结合的夫妻们。前者的起始值是 70 左右，二至五年后开始下降，到第十年降到 40 以下；后者的起始值在 55 左右，二至五年后上升到 70 左右，此后一直保持不变。

哪怕仅仅冲着这个，故事中的女孩也应该选她现在的男朋友，更何况初恋男友是一个喜欢在灯红酒绿中醉生梦死，性格和生活环境与她完全南辕北辙，压根儿不合适她的人。只是因为曾经的一段暧昧的关系，就把他与自己已谈婚论嫁的未婚夫相提并论，实在可笑。我不得不说，女生经常会拿星座这种不靠谱的东西为自己找理由，他是什么星座？如果你去翻翻死刑犯和强奸杀人犯名单，每十二个人中就有一个和你适合做夫妻。你要吗？

他对你好？除了七年前撩拨过你一次，他还为你付出过什么？他甚至连流言蜚语这种小小的不快都不愿意为你忍受。这么多年来，他为你做过什么吗？我相信换了其他任何一个人这么撩拨你，你都会觉得对方有毛病。凭什么你就觉得他与众不同？再看上面那句话，受撩拨的人可能读出的是你在他心里独一无二，我读出来的却是他不缺女人。他所谓的不缺女人就是不缺女人爱他，他要的是能让他爱的女人，哪儿那么好找。一个不缺女人的男人，其实就是一个在不爱对方的情形下也能敷衍哄骗对方，让对方觉得他很爱自己的男人。这种男人一般都精于此道，非常世故圆滑，而且心比较老，欠缺爱人的能力。要找个他爱的人，不是那么容易的。所以呢，这种什么都不缺唯独缺感动的人瞄上了你，想要在你身上找寻一些能够证明自己还能感动的细节。他那句"我们这辈子就这样了"其实已经充分说明了他的愿望：他既不爱你，也不打算和你怎么样。说难听点，就是拿你作为精神上的发泄对象罢了。

Ayawawa
语录

★ 不要拿星座那种不靠谱的东西为自己找理由。如果你去翻翻死刑犯和强奸杀人犯名单，每十二个人中就有一个和你适合做夫妻。你要吗？

★ 一个不缺女人的男人，其实就是一个在不爱对方的情形下也能敷衍哄骗对方，让对方觉得他很爱自己的男人。这种男人一般都非常世故圆滑，而且心比较老，欠缺爱人的能力。要找个他爱的人，不是那么容易的。

读者"迷人的小笨猫"提问 ─────────────────── ★

　　娃娃姐，我和男友分手期间，有一男生和我暧昧并追求我，我对他也有好感就答应了。但是交往一段时间后，我发现他很怕提结婚，而且一再跟我强调千万不能怀孕（我们已经发生关系），一旦怀孕一定得把孩子打掉。相比之下，前男友在这方面很照顾我，而且是以结婚为目的跟我交往的，我们曾经闹分手也是因为一些小事一时赌气。现在前男友找我复合，请问我该答应吗？要如何跟现任男友说，才不至于伤害他？

Ayawawa
贴心回复

既然你的男朋友一再和你强调千万不能怀孕，那你可以骗他说你已经怀孕了，并且表现出很想把孩子生下来的态度。我相信你的男朋友肯定吓得要死，人在吓坏了的情况下会本能地做出一些逃避的行为。在他做出来之后，你就可以对他说："你的行为太让我失望了，我们还是分手吧。"

但是这个事情并不是很好处理，你这么做很容易让前男友觉得自己是接盘侠，让他感觉你并不是那么爱他，希望你能给自己的前男友一个合理的解释。

为什么你会舍不得
离开渣男

单纯女被极品烂男人伤害的故事，相信大家都司空见惯了。小希的故事并无特殊，她的男友在跟她恋爱的时候还偷偷跑去跟别人相亲，然后在大家都以为他们要订婚的时候，他突然告诉小希他爱上了别的女孩。小希很痛苦，但她的痛苦并不在于失去他，而在于她已经不能接纳自己了，可以说是患上了某种神经官能症。"他那么差劲的一个人，我为什么还会爱上他？"小希自己也分析过，觉得是因为她认识不到自己的价值，太需要一个人陪在自己身边，所以抓住他之后就不肯松手了。现在对她来说，最大的一个问题就是——要如何认识自己的价值。她一直都很自卑和悲观，现在又被他抛弃了，越发觉得接纳自己是一件困难的事情。

失恋已经三个月了，可小希还在反复纠结。她控制不住自己，总是回忆起那些让她痛苦的画面。其实她心里很清楚，他已经不是她当初认识的那个他了。他的真面目是：道德败坏、谎话连篇、自私，甚至还吸过毒、嫖过娼，她跟他完全不是一个世界的人。可是她还在留恋和等待，她不愿意相信一个人的变化会这么大。即使他现在跟新欢很甜蜜，甚至都要结婚了，她也总认为他最后还是会回来找她。

另外，她还被一个问题苦苦折磨：到底是他不值得爱，还是她不值得爱？她跟他在一起总是一味地依赖，而且她还很自卑，也很喜欢抱怨……换了别人，是不是还会像他一样选择离开？他不愿意为她付出，是不是只是因为不爱她而已？是不是只是因为她本身不够好，而不是他不值得人爱？

面对这样在感情里受到伤害却一直走不出来的女孩，我很想告诉她：每个极品烂男、轮奸犯、性虐待狂、露阳癖……曾经都是拥有一张无邪笑脸的婴儿和好少年，都曾经拥有暗恋的百合，有一心想呵护的人。所以，千万不要因为你前男友的变化而惊讶，他还没有坏到那种地步呢。在这件事情里，你是一个受害者啊。这不能说明什么，只能说明你是个还没有见识过世间险恶的善良的人。谁没有被骗过的时候呢？世人肉身皆有硬伤。如果要恨，就恨自己不够坚强，学着坚强点吧。

女孩经常会抱着幻想，觉得曾经背叛你的男友没准儿很爱你，爱到愿意回头来找你，爱到会为你彻底改变。实际上，你的潜意识里知道他是一个不该被爱的人，你知道这种感情可能会使自己陷入长期的痛苦和挣扎中，甚至会带来更多严重的后果，比如：意外妊娠、父母暴怒、被传染性病……这些结果都是你非常不愿意面对的，但无法控制自己不去进行。为了缓解内心的冲突和压力，你的大脑才被迫为这种行为找到一种解释，比如说：我冒着这么大的风险，一定是因为他非常值得我爱。

另一方面，女生也经常对和对方在一起的刺激性行为产生错误的生理归因。在很多泡妞的书上，作者都会让男生带女生去游乐场里的过山车等有高风险且非常刺激的地方游玩，目的就是为了让对方身体产生很高的应激水平，心跳加快、血流加速，从而进一步被对方的大脑误认为是泡妞的吸引力。像小希这样，曾和男友一起在刀口上舔过蜜，产生留恋的情绪是很正常的。倘若她能意识到这种依恋感是构建在不正常的生理反应上的话，我想摆脱起来会容易很多。

每个人都有自己的道德观，如果站在男生的角度或者那个男生的新女友的角度来说，他们也许会强调"没有爱情的婚姻是不道德的"。他背叛了已经开始筹备婚期的女友，想要和别人结婚，居然还有女人愿意嫁给他，这说明他并不一定就是那么一个十恶不赦的坏人。我们姑且尊重这个人的选择，即使他背弃了曾经的诺言，也不需要那样恨之入骨。

我还是相信因果报应的。真的，活到一定的岁数你会发现，真正善良的人会过得很自若。一个人靠坑蒙拐骗哪怕活得很好，日后也必然要面对良心的折磨和谴责。除非他永远生活在为生活挣扎的底层。

一个背叛了你的男人，一定要相信，他不值得爱，他不值得你爱。没有什么理由可以为他开脱，你就是看上了一个极品烂人，你就是曾经失败过。失败乃成功之母，只有你愿意承认失败并坦然接受失败，成功才会翩然而至。

Ayawawa 语录

★ 世人肉身皆有硬伤。谁都有被骗过的时候。

★ 活到一定的岁数你会发现，真正善良的人会过得很自若。一个人即使靠坑蒙拐骗哪怕活得很好，日后也必然要面对良心的折磨和谴责。除非他永远生活在为生活挣扎的底层。

延伸阅读 如何利用生理刺激让对方心动

国外很多心理学家曾证实，当人们发现某个人很吸引他们时，他们的心跳就会加快。反过来也一样，心跳加快的人更可能发现某个人很吸引他们。初次见面的两个人，如果是在一座摇晃厉害的桥上，他们很可能会无意识地把自己的心跳加快归功于对方而不是桥。一对初识的男女，刚刚坐完过山车后心跳会明显加快，更容易觉得对方有魅力。一般来说，刚看完恐怖电影的情侣更有可能手牵手相互依偎着走出电影院。

距离篇
如何经营
不对等的爱情

在开始一段不被看好的感情之前，
你应该知道的事

大概所有的女性都希望自己能有一个可以依靠的身材高大、魁梧的老公，如果男人的个子比她矮，女性可能就会产生一种无法依靠的感觉吧？若真有男矮女高的组合，估计身高差距也不会像陈瑜和她的男朋友这般离谱：陈瑜 174 厘米，她男友 164 厘米。10 厘米的身高差距，在这个普遍以男高女矮为组合的社会中，身边的朋友无一不觉得夸张。

陈瑜和男友结识于大三暑假的某个 QQ 群。加入这个群的第一天，他们东拉西扯地从上午聊到中午，从中午聊到晚上，发现彼此的兴趣和爱好竟是那么相同。他给人的感觉自信而不张狂，聪明而不造作。那天说再见之前，竟然发现他们是同一所学校的，好感自然又急剧升温。在半个多月的网络小窗的热聊之后，两个人约定开学第一天在学校超市门口见面。下线前，他扔过来一句话：鄙人长得特别精华、没有糟粕，请明日多多包涵！

直到见面的那一刻，陈瑜才真正地理解了那句"特别精华、没有糟粕"的含义——他不是在谦虚自己的学识和外貌，这句被陈瑜理解为过分谦虚的话，只是形象地形容了他的身高。其实他长得一点都不难看，很阳光，但美中不足的就是太矮。看到陈瑜的第一眼，他显然也有些诧异，甚至和陈瑜一样，也有些失落，因为站在他眼前的女孩整整高出他 10 厘米。估计之前他有过的种种追求的念头，在那一刻都吞进了肚子里，化为了尴尬的笑。

这几年，陈瑜碰到了不少帅哥，也有开着名车的男人追求过她，但有的造作，有的浅薄……没有一个能走进她的生命。老天真是会捉弄人，把才华横溢、心地善良的人砍去了一截，对不少高大的男人却植进了庸俗的体液和骨头。那晚，陈瑜整夜没睡，心里别提有多难受了，好不容易喜欢上一个男人，但他长得这么"谦虚"。想到天亮的时候，陈瑜终于做了决定：既然缘分来了，逃也逃不掉。

再一次见面时，他说他从来没有因为身高而自卑过，却在陈瑜那里第一次尝到了自卑的滋味，并第一次有了怨恨父母的念头。陈瑜没说话，主动牵了他的手，意思是她并不介意。之后，她将所有的高跟鞋都换成了平底鞋，只为了和他在一起时能将身高差减少些。校园里开始出现这样一对有意思的情侣，他们在人流最多的地方手拉手地走路，回头率高达百分之百！

他对陈瑜真的很好，几乎到了那种含到嘴里怕化了、捧在手上怕摔了的程度；他父母也很疼陈瑜，去年陈瑜的手冻伤了，他妈妈还每天亲自弄草药给陈瑜洗手，直到痊愈。陈瑜知道，如果失去了他，她可能再也碰不到对她这么好的男人了。

但她和他之间的爱情，注定有一道鸿沟——身高。念书时，所有的同学都觉得陈瑜要么是脑残了，要么是脑子短路了；工作后，同事们都以为她是爱上了哪位有钱人家的矮少爷，不然以她的条件找这样一个男友，实在是太"糟蹋"自己了。

男友的身高不被朋友们接受，更不可能被陈瑜的父母接受。陈瑜的妈妈几度伤心欲绝地用"妈妈养大你不容易"这种博人眼泪的话企图打动她，陈瑜的爸爸则言辞犀利地告诫她，男人比女人矮那么多，出门令人倒尽胃口，最主要的是：若是以后生了儿子遗传了男方的基因，这可如何对得起向来以个子高为荣的陈家的祖辈们。

在亲情和爱情之间，陈瑜每天都在矛盾中问自己，以后该怎么办。若他能再长高 10 厘米，那该多好！

相信所有人在看他们俩第一眼的时候，都会把男生看成是 174 厘米，女方是 164 厘米。等到你揉揉眼睛，仔细比对后，才发现在陈瑜的身上发生了一件极为特殊的事情。

比一般女生高出一截的陈瑜，突然找了个比一般男生矮一截的男友，心里无论如何都会有一个结。想放手吧，他对自己那么好；不放手吧，父母震怒，自己也深觉没面子，于是她才会想，要是他再高 10 厘米，那就完美了。

试问：倘若他长高了 10 厘米，还会是现在这样的性格和脾气吗？还会像现在这样心疼女友，甘愿死心塌地地喜欢她、照顾她吗？

世事都是动态平衡的，在这个地方缺少的，就会在其他地方补回来。择偶，其实是一种基因的选择和延续。如果你看各家的科技报告，任何一家都将告诉你：高个子男人普遍比矮个子男人更容易找到好的伴侣和好的工作。所以，为了生存和传递自己的基因，矮个子需要付出更多的努力。你现在见到的矮个子，可能是一百年前一万个矮个子里硕果仅存下来的一个，和相对比较容易传递自己基因的高个子相比，他们普遍更适合面对社会竞争，更为聪明，也具有更多的人格魅力。

常言道：笨鸟先飞早入林。矮个子男生的性格之所以比那些高个子男生更容易招女生喜欢，其实类似于"美女脾气都不会太好，而平凡女往往善良又温柔"，都是属于先天不足后天补。女生想着男人的优点又顾及他的缺点，这是很不公平的。男人的情商、智商、长相、身高、财富、年龄、性能力等七项，你最多只能挑四样，倘若有个男人占了其中五样，那就赶快捡回家当宝吧。那些高大英俊、幽默豁达的年轻帅哥，只能翻开《格林童话》去找。

所以，如果你的另一半恰好也跟陈瑜的男友一样，是个小个子，那么在嫁他之前一定要想好，如果日后这个人背叛或者离弃，你会不会为自己今天的行为后悔不已呢？如果你的答案是：纵被无情弃，不能羞，那么，勇敢地去面对世俗的压力吧；倘若你还在犹豫，那么我劝你还是多考虑下父母的意见比较好。父母比较了解你，他们不会害自己的子女。

最后再告诉大家一个真实的故事：我的初中物理老师的父亲，就娶了个比他高10厘米的老婆，他们一生都很幸福恩爱，养育了三个子女，都很优秀。

Ayawawa
语录

★ 世事都是动态平衡的，在这个地方缺少的，就会在其他地方补回来。所以个子矮的往往更想找个子高的，长得丑的会更想找漂亮的。

★ 女生想着男人的优点又顾及他的缺点，这是很不公平的。男人的情商、智商、长相、身高、财富、年龄、性能力等七项，你最多只能挑四样，倘若有个男人占了其中五样，那就赶快捡回家当宝吧。

读者"唯独喜欢ERIC"质疑 ────────────────── ★

选个子比自己矮很多的男友，如果他对你死心塌地地好，也许会觉得一切都是值得的。但婚后如果对方出轨或者背叛了你，会不会觉得我都这样委屈自己了，你居然还这样对我，反而让伤害加倍？

Ayawawa
贴心回复

在择偶市场，一个男人的 MV 衡量标准主要有以下八项：年龄、身高、长相、财富、智商、情商、性能力和长期承诺。

一个女人的 MV 衡量标准也有八项：年龄、长相、身高、罩杯、体重、学历、性格和家庭环境。

确实，身高在女人和男人的 MV 里面各占了一项，也经常有些女孩子因为觉得自己选了一个个子不高或者个子比自己矮的男孩子觉得委屈，但是你们有没有想过，男人的身高和女人的身高相同吗？对男生来说，185 厘米比175 厘米强，175 厘米又比 165 厘米强，哪怕 195 厘米也肯定也比 165 厘米强。呈现越高越受欢迎的趋势。但对女生来说，175 厘米未必比 165 厘米强，185 厘米肯定没有 175 厘米强，195 厘米远远比不上 165 厘米，呈现取中的趋势。男女并不相同，那些身高高的女孩子找不到男朋友，不是因为男孩子们都太矮了，而是她们太高了。

在这段关系中，你选择了一个比自己矮很多的男孩子不是你委屈，而是你别无选择。只要你们两个人能进入婚姻，就说明你们是般配的。所以在这种情况下，就不要有下嫁的心态了。你能过上的生活，就已经是你拼尽全力过得最好的生活了。你如果觉得委屈，担心对方会出轨或者背叛你，那就选一个身高高的男孩子吧，去无怨无悔地付出。

当你觉得婚姻是一门亏本生意的时候，你只会觉得亏得越来越厉害。如果你觉得赚了，就会越来越赚。这就是婚姻中的自我实现的预期。所以在婚姻中，最重要的是你如何看待你的伴侣。

异国恋，加上老少配，还是婚外恋，如果再充斥一些暴力色彩，你会不会联想到西方的狗血电视剧呢？但它就在现实生活中发生了。

小悠说，她今年 23 岁，和一个 45 岁的外国人已交往了五个月。

他追她追得很辛苦，但他是已婚。他在小悠之前还有一个 24 岁的女朋友，因为她而和前女友闹翻，还不小心打伤了前女友，小悠虽然知道这一切，但还是因为爱意和同情，也有一些喜欢刺激和向往父爱感觉的成分，就和他同居了。

但是他们相处得并不好。他希望小悠很卖力地在每个方面帮助他，常给她施加压力。但是小悠非常讨厌被动的感觉，常常因为反感而不愿意听他的话。而且也常常觉得他脾气不好（易冲动、易怒），对她既不大方也不温柔。只送过一次礼物，还是个假香奈儿，是他在淘宝上淘的 A 货。因为怕花钱，从来不肯陪小悠逛街，每次都在商场门口等，她逛久了，他还会生气。他喜欢给她安排事情，需要钱的时候却拖拖拉拉，事情进度慢了还要责备她。因为他脾气比较急，他们之间的沟通很不好。他没有耐心听小悠倾诉，总是只要求她说重点，说多了也听不明白。他总是说爱小悠，但她能感受到的宠爱很少。他说看小悠发展得太慢很着急，她也不知道他是想以最小的成本赚取最大的效益，还是真的因爱她而鞭策她。他常说他们没有未来，不可能结婚，但又在她决心离开他时百般挽留，软下来说，有没有未来要看能不能好好地相处。

有时候小悠觉得跟他相处太累，小悠会有一些小情绪，搞点小破坏，他们就开始互相折磨。小悠会故意把他希望她做好的事情搞砸，让他发很大的脾气，但一说到分手，他就会像小孩子一般撒娇耍赖挽回。小悠总想，也许他是爱我的，但是他自己没有安全感，也不能完全信任她（他家里的事情太多了，和太太分开两年后，太太要求离婚，两个女儿跟着妈妈，不爱理他）。她总是很喜欢抱着他，好像找到了爸爸一样，有一种温暖的感觉，但是一到现实中，她又总是和他生气、顶撞。他有时候是脆弱的、感性的，有时候是严厉的、暴躁的，有时候他就像一个孩子让她心疼，有时候也会控制不住对她咆哮，然后又很后悔地压下怒火来挽回。她也不知道自己是不是真的爱上了他，总是觉得慢慢能理解他的难处，看到他就像看到家人；总想把他当成爸爸，任性地犯一些错误要他原谅，好像自己有了某种特权，努力完成他希望她帮他的事情。

他出差三个月，每晚都要打电话问她在哪里，知道她没回家就很担心，听到她电话里男生的声音（路边的）就要抓狂，知道她出去玩了也会担心，每天都要说"我爱你"，喝醉了总会打电话告诉她，他心里有一个她，真的很爱她，所以每次都会早点回家，绝不去碰别的女孩子。

但是最近她犯了一个错误。他办的信用卡寄到他们住的地方，她收到后没和他商量便激活了，用自己的生日设了密码，给家里和自己买东西以及一些零用，花了 6000 块钱。他知道后特别生气，觉得她对他非常不尊重，非常愤怒地说要报警，要她赶紧把钱还给他。她说买了一些生活用品，他便咆哮着说："谁要你买了？我不要！"她对他要报警的行为觉得很伤心，也觉得自己当他的女朋友五个月了，总是很委屈，在一起那么久，就花他 6000 块钱怎么了？他则愤怒地说没有她这样的女朋友，说她偷钱，说她和他在一起是为了他的钱，说她是他见过的女人中最坏的，说他根本不爱她……要她马上把钥匙给他，还让别人来家里检查电器有没有少。

小悠很心寒，为了区区 6000 块钱竟然就不要她了！既然他这么想要，大不了还给他好了。可她心里还是舍不得他，他每次说以后不要见到她，她就以泪洗面，特别伤心。所以，她写邮件给我，问我到底要不要跟他分手。

看到她的邮件，我惊呆了。异国恋也就算了，还老少配；老少配也就算了，还充斥着暴力色彩；此外他还对她又小气，要求又高；最关键的是，他们竟然还是段婚外恋。我实在不明白，一个好端端的女孩子，为什么要委屈自己到这步田地呢？

女生需要明白的是：一个男人说爱你，并不代表就是爱你，很可能只是需要你，所以采用欺骗的方式来赢得你的爱。心理学家弗洛姆告诉我们：有的男子在感情发育过程中始终停留在婴儿依恋母亲的阶段上，始终觉得自己还是孩子，他们需要母亲的爱、保护、温暖、关怀和夸奖，需要母亲无条件的爱。他们是母亲的孩子，他们弱小无助，这些人在企图赢得一个女子的爱时，甚至在获得这种爱之后，他们往往和蔼可亲、风度翩翩，但他们同这个女子的关系都是表面的、肤浅的，而且是不负责任的。他们的目的是被人爱，而不是爱别人，在这种类型人的身上，往往可以看到很强的虚荣心和或多或少不切实际的想法。当他们找到了需要的女人，就会感到信心十足，这时他们会特别讨人喜欢，具有很强的迷惑性。但是过了一段时间，当他们发现这个女人不再符合他们梦幻般的希望时——也许这个女人并不能给他无条件的关爱，也许这个女人并不能消除他根深蒂固的不安全感，也许这个女人试图离开他而他也意识到这种存在的可能性时——他就会出现矛盾和冲突的一面，感到自己受到了深深的伤害。这时的他，会立马反过来伤害你。

像小悠这样的女孩子，很可能是出生在比较反常的原生家庭里，所以她才会采取一种奴性的方式去依恋父亲，在成年后，又试图努力寻找一种类似的方式去依恋父亲的形象。在这一点上来说,她和她的男朋友还是很相配的。吃人狂还能找到愿意被吃的人呢,她想找个爹来依靠也不是不行。只是,看样子即使她愿意不计名分地去万般委曲求全,他也并不打算把她当成女儿疼爱,而是想把她当成他妈。所以我始终不明白,为什么这个女孩还愿意留下来,或者试图找理由让自己留下来。

两个人都说不是钱的问题,其实明明就是钱的问题。他的问题在于想要这 6000 块钱,而她的问题在于也想要(不还)这 6000 块。虽然我觉得男人应该给女人花钱,但是起码得找个愿意为你花钱的男人吧!原谅我很阴暗地臆测,这个女孩是经济上无法独立才导致精神上无法独立,不要把没钱花想找个人埋单当成是"爱",谁都不是傻子。说难听点,一个身价接近百万,还为了区区 6000 块说你是小偷的男人,即使你再继续跟着他许多年,他也不会乐意为你花几个钱的。

Ayawawa
语录

★ 一个男人说爱你,并不代表就是爱你,很可能只是需要你,所以采用欺骗的方式来赢得你的爱。

★ 有的男子在感情发育过程中始终停留在婴儿依恋母亲的阶段上,始终觉得自己还是孩子,弱小无助,需要母亲的爱、保护、温暖、关怀和夸奖,所以他们在企图赢得一个女子的爱时,虽然可能表现得和蔼可亲、风度翩翩,但他们的最终目的是被人爱,而不是爱别人。

延伸阅读 原生家庭对择偶的影响

原生家庭对择偶的最大影响就是：它会在每个人进入恋爱关系前奠定择偶倾向和择偶观。

如果把我们每个人的感情都比作走迷宫的话，当我们不是很确定这条路要不要走下去的时候，我们过往的经验会帮助我们做出判断，告诉我们这条路是走得通的，一直走下去就好了，这个过往的经验就是原生家庭对我们的择偶产生的影响。

比如说，一个孩子从小就看到妈妈经常对爸爸撒娇，他长大后就会倾向于用撒娇的方式去解决问题。如果一个小孩子从小经常看到爸爸和妈妈大打出手，那么他长大后就会倾向于用暴力的方式解决问题。

我们每个人的行为模式，在第一次进入感情之前就已经被我们的原生家庭决定了。当然有些人很幸运，他们有机会通过后天学习的方式改变自己，改变自己的恋爱方式，让自己学会正确地处理感情，但是大多数人都没有这么幸运。

恋/爱/心/法

有人问，为什么男人更提倡从一而终，反复给女性洗脑灌输同居了就要嫁给他的念头？为什么这样的呼声会在我们现在的社会里依然占主流？这是因为在男性的普遍潜意识里，人的本性都是不思进取的，这个社会对男性的要求又高，所以他们特别容易被婚姻价值比自己高的女性抛弃。特别是当一个男人年纪比较大，又遇上了一个年纪比较小的女人，被抛弃的概率太大，所以他们才会在道德上抢占制高点。

我有一个个性很单纯的读者，她21岁时认识了比她大13岁的男友，一年后他们就去登记结婚了。事实上，结婚半年后这女孩就后悔了，男方的年龄让她在同事中很有自卑感。另外，从同居到结婚后，性生活没有一次是让她满意的，随着他年龄的增长，恐怕在这方面会更加不协调。他和他的家人都希望女孩赶快生孩子，说如果她不给他生子就离婚。可是他现在生意很不好，几乎连家都养不起了，女孩的工资也不够用，她觉得现在要孩子简直是奢谈。

她想离婚，寻找自己的宁静和幸福，不希望自己一辈子都这样不开心，可是毕竟两个人有近四年的感情，也并非轻易就能放下的。而且，一个没事业、没房子的女人，如果真的离婚，能支撑起她未来的生活吗？想到这些问题，她又开始犹豫，这么彷徨着过了一年，始终没有勇气做出任何决定。

如果这女孩是未婚同居，我当然希望她先分手再说。在一个法律不够健全的开放的社会里，过于保守的人并不一定能有最好的结局。

可是她结婚了，这个问题就变得现实且复杂起来。目前的状况是女孩希望能够得到解脱，比如说，一个愿意把她从现有的婚姻状况里解救出来的人，或者一份美好的异地工作。她的这些小心思，导致她下意识地不愿意为他生育、养育后代，因为倘若如此，她就一辈子和他捆死在一起了。她这样的心思，他也不是不知道，所以男方才会那么急切地想要女孩给他生孩子，这样的做法多半是为了把她绑住。男人用离婚来威胁你，那是因为他知道，如果没有这个孩子，女人即使现在不和他离婚，早晚也要和他离的，还不如由他来下这个狠心。

女孩也许想赌一把，但这一把未必能够带来她想要的结果。或许只有试过才甘心，或许她在权衡利弊后愿意忍气吞声，这是她自己必须做的决定，任何人都替代不了。

说实话，我个人认为在遇到更好的机会之前，女人最好不要离婚。因为离婚会使女人的身价贬值得很厉害。如果真有此打算，你必须把离婚后两人的状况重新核算，基于已经离婚的状态来权衡和考量，才能知道你到底能不能找到一个比现在的伴侣更好的对象。而且，这仅仅是假设，并不一定能够最终指向你最想要的目标。

所以还是骑马找马吧，这么说或许对男士有点不公平，但这是女人的最佳选择。所以我一直规劝这个读者，如果你还爱他，想尝试解决问题，那就赶快着手吧，列一张从怀孕到生育、养育孩子的费用单出来，让他一起来看看对于目前的你们是否实际。倘若他有赚钱的良好意愿和表示，我觉得可以考虑继续生活下去。如果他执意要自己的女人在艰苦的环境下生子，说些"人家乡下人都能养活一窝，我们有什么不能养的""你怎么那么娇贵"之类的话，那么女孩就应该早点另做打算。因为这样说的人，一定是自私得没边了，不想多负责，只想绑死你。

Ayawawa 语录

★ 在一个法律不够健全的开放的社会里，过于保守的人并不一定能有最好的结局。

★ 在遇到更好的机会之前，女人最好不要离婚，因为离婚会让女人的身价贬值得很厉害。如果真有此打算，你必须把离婚后两人的状况重新核算，基于已经离婚的状态来权衡和考量，才能知道你到底能不能找到一个比现在的伴侣更好的对象。而且，这仅仅是假设，并不一定能够最终指向你最想要的目标。

读者"ZTA56"质疑

两个人刚结婚，经济条件也不好，是否就不能考虑要孩子了？

Ayawawa 贴心回复

什么时候要孩子取决于父母对孩子有什么样的期待，我个人不认为大家一定要在经济条件不错的时候生孩子。

确实有很多人抱着让孩子"赢在起跑线上"的想法，但是你们有没有想过，这些考虑要什么时候才能生孩子的父母，其实孩子已经输在起跑线上了，真正赢在起跑线上的人能做到想什么时候生就什么时候生。

我觉得大多数人在考虑什么时候生孩子这样的问题的时候，都是想着等过两年经济条件好点再要孩子吧。其实，两三年的时间能让经济条件好转那么多吗？可以好过晚生给女方带来的不利影响吗？我觉得真的不一定。如果双方都是在独生子女家庭的话，更不要抱着这样的想法了，父母也可以帮扶新生家庭，生孩子并没有你们想的那么难。不要等到真的有了钱、有了时间，却增加了怀孕和生产的风险的时候，再追悔莫及。

　　捷是资深娃粉，一直以来，她都是一个清醒的、理智的，做任何事情都有自己的原则的人，最近，她却为情所困了。

　　她今年 25 岁，在她所生活的环境里，这已经是女生开始贬值或者选择余地更小的年纪了。所以现在的时光对她来说很重要，每一个决定的机会成本都很高，而且她希望自己的努力不要变成沉没成本。从小到大，她的生活一直是波澜不惊的，在单纯的环境里长大，也没有任何感情事件发生。可能是她内心要求比较高，所以一直没考虑感情的事情，也许是因为没有合适的人出现。

　　在巨大的家庭压力下，她终于开始把它提上了议事日程，不咸不淡地相了几次亲之后，都没有更进一步的进展。她是个比较相信直观和喜欢观察的人，而且一直觉得有的细节虽然很小，却可以反映出一个人的性格、素养。一旦发觉不合适，就会立即停止，免得浪费时间，害人害己。

　　现在出现的这个人，她一直以为就是她要等待的人。虽然交往的时间不长，但不管是个人修养，还是平时细微的关心，都让她觉得这是一个值得信赖的人。可是她突然发现他有些事情欺骗了她，在她的观念里，欺骗是不能容忍的。

　　他其实比她小两岁，而且要比她晚几年才能完成学业，这些是她之前所不知道的。也许是她太粗心了，而且之前有过的几次怀疑都是因为太相信他，被他轻易地糊弄过去了。现在的捷处于矛盾之中，一方面觉得他确实不错，性格方面也合得来，在一起很开心；另一方面，他说谎了，如果一个人的开头是个零，后面就是有几千万，也是小数。另外，捷觉得自己也到了要谈婚论嫁的年龄，可这些现实问题对他来说，要承担的东西太多，也太早。捷提过分手，觉得未来可变的东西太多，如果四五年以后才能真正拥有自己的家庭，对她来说有点不公平，而且他们都不能保证一定能坚持到那一天。

而他认为欺骗是因为捷介意年龄比她小的，怕她连开始的机会都不给他，他现在也不想就这样结束，如果坚持下去就能给她一个美好的未来。捷不是不相信他的能力，可是要经过那么长时间的等待，她怕未来的梦想还没实现，他们就已经变了。

在诚信和年龄问题的困扰中，捷觉得很痛苦，都是她的死穴，这会不会是不好的征兆，应该就此放手？可她又觉得，能遇上一个自己真心喜欢的毕竟不那么容易……

我一直觉得，女生找一个比自己小的男生，风险是很大的。

从人的生物特性上来看，男性始终都具有生育能力，失去生育能力的时候，也就差不多是死期；而女性因为要承担哺育孩子的责任，在失去生育能力（闭经）之后，还能活20年。但是男女寿命其实是差不多的，也就是说，女性择偶的最佳时间远远没有男性长，从性成熟到最佳生育期，这短短的十来年中，女人和男人能遇到的适合的对象在数量上是差不多的，但是女性的择偶时间短，相对集中；男性的择偶时间长，比较分散。所以，女性的择偶时间比男性宝贵得多，这就好比你下星期就要考试，他却可以过两个月再考。他约你去打篮球，你就可得好好权衡一下，你们付出同样的时间是否合算，打这场球是否对考试有利？打完这场球，你是否还有充足的时间完成考前准备。女性会遇到年龄差距很大的追求者，从比她小四五岁的，到比她大十多岁甚至二十岁的。在这些人中，是否可以选出最适合自己的，这是个很大的挑战。

男女的生物特性决定了男女择偶侧重的条件不同，男性总是试图去寻找一个具有优质生殖能力的女性，女性则倾向于寻找一个能提供稳定生活的男性；前者说白了就是年轻貌美，后者则是经济条件；而前者会随着时间流逝而流失，后者却会随着时间增长而增益。这就导致了在择偶问题上，男人的黄金期比美女晚得多，所以一个和你差不多或者比你年龄小的男人是很难理解你的各种遭遇的。要很长时间之后，他才会想要一个孩子，才有经济能力和心理承受能力去承担一个家庭的重任。年龄小，意味着他不太能理解你，甚至还会嫉妒你，潜意识里埋下祸根；也意味着他难以承担经济重担，也很难有主动想要孩子和承担抚育后代的义务。当然，每个人的情况都不一样。如果真遇到了比自己小的恋人，我倒觉得可以试着看看他的意思。特例不是没有，就是不太容易碰上罢了。

　　如果两个人发生了关系，可以用疑似怀孕试探一下他。如果没有发生关系，也可以和他探讨下他对婚姻和孩子的态度。如果他态度很积极，不妨继续交往下去；如果他大惊失色，那我建议就赶快放手。堕胎可不是闹着玩的，不仅对身体有极大的危害，还容易在日后的妊娠中引发胎停育和习惯性流产，甚至未来的孩子也更容易患上焦虑症等疾病。

　　和这些严重后果相比，喜欢算个什么东西！

Ayawawa
语录

★ 女性择偶的最佳时间远远没有男性长，从性成熟到最佳生育期，女人和男人能遇到的适合的对象在数量上是差不多的，但是女性的择偶时间短，相对集中；男性的择偶时间长，比较分散。所以，女性的择偶时间比男性宝贵得多。

★ 男女的生物特性决定了男女择偶侧重的条件不同，男性总是试图去寻找一个具有优质生殖能力的女性，即年轻貌美；女性则倾向于寻找一个能提供稳定生活的男性，即经济条件。

　　小爽和男友现在处于异地恋的状况。他们是高中同学，小爽性格开朗，身边不乏围着她转的男孩子，但小爽还是选择了他。他们在高中期间谈过半年恋爱，因为分隔两地，就分手了，四五年后又复合了。

　　小爽的男友是单亲家庭的孩子，父母在他十几岁的时候就离婚了，原因是他爸爸有了外遇，他爸爸带着他和后妈生活在一起，所以一直以来他都习惯了一个人生活，有时候有些想法还比较偏激，高中时甚至有过想自杀的念头。小爽一直很同情他，觉得他是个不幸的孩子，所以就尽量迁就他。但是有几个问题一直困扰着小爽：

　　1. 他在老家的小县城上班，而小爽在离家较远的大城市上班，比较而言，她的专业更适合在外发展，如果这种异地恋一直谈下去，或许小爽要牺牲自己的工作才能回到他的身边。

　　2. 因为男友家庭的状况，他和他的爸爸、后妈的关系一直都比较冷淡，他的心里也一直有阴影，认为是他的爸爸抛弃了他的亲妈，才导致他亲妈的生活过得不如意（他后妈长得很漂亮，他觉得当初后妈肯定是用美色把他爸爸迷住了，所以一直都不喜欢虚荣的女人）。他的性格也有些怪僻，一般人看到他会觉得他很开朗，其实他内心很孤僻，也很脆弱、敏感，有时甚至令人感到害怕。他希望有人在乎自己，但小爽也是独生子女，也希望找一个疼她、爱她的男友让她更多地去关爱别人，短时间内是可以的，但一直这样下去，肯定做不到。她希望得到更多的呵护、包容，但他有时候因为工作不顺或者家庭的琐事而心情很烦躁时，可以一个多月不和她联系。问他什么事情，他也不愿意说，时间长了，小爽也不敢多问。

3. 从小爽的角度讲，她很想去维护好这段感情，觉得两个人在一起的时候也很快乐。她觉得他很细心，也比较疼人，也因为他家庭的原因，他对婚姻看得很重，对她也很专一。但她一直都认为，在男女关系中应该是男方更主动些，所以自己并不喜欢主动去联系他。

这次复合，两个人的态度都挺认真，他们各方面的爱好和志向也差不多，小爽现在年龄也不小了，一直想找个可以依靠的人，但现在的状况让她很担忧，也很困扰。她怕自己给不了他那么多爱，以后的矛盾会越来越多。

心理学家告诉我们，一个人所经历过的事情，尤其是童年时代的故事，会影响他成年之后的个性特征，童年早期的发育障碍及缺陷都会影响我们成年后的择友和寻找伴侣的态度。

小孩子在年幼的时候没有得到足够且方式正确的爱，成年之后就会表现出各种各样的情感缺陷。比如说，在婴儿出生后七个月内，他是完全依赖周围的生活环境成长的，不能主动地表达自己的需要。如果在最初的这几个星期得不到母亲的关怀，小孩会突然感到，只要他想哭叫多长时间，他就可以哭叫多长时间，而且不会有人做出任何反应，接着他的原始信赖就会受阻，就会将自己封闭起来以保护自己。

这样的儿童成年之后，会感情表达贫瘠，害怕与人亲近。他们所表现出来的温柔是"达到目的的工具"，而并不是内心深处的追求，并不是真正宠爱他们的伴侣。别人的倾心让他们感到害怕，因为他们害怕在受阻的原始信赖后再次被抛弃或者受伤。另外，从理论上来说，如果这类人成年后没有经历过一些正面经验，他们一定会有强烈的独立、自我意识并变得自私自利，而且很可能同时拥有多份男女关系，更有寻求性冒险和工作狂的倾向。

如果你爱上了这样的男人并想和他永远相处下去，那么，在和他相处的过程中就一定要避免感情的爆发，不要给他压力，不要让他产生恐惧；还要告诉对方，你的兴趣并不固定在他身上，你的职业和朋友圈以及爱好都能保证你是一个很独立的人。对他来说，感受到个人的自由和独立性是生存的必要条件，如果他感觉到这种关系中他可以随时撤出，他是不会抛弃你的。

记得在一本恋爱理论教程上看到过一句很经典的总结："理论上，一个充分自信、完全对自己持肯定态度的女人，不会被任何男人吸引，可以从容而理智地选择她的生活伴侣，其择偶标准完全取决于男人的价值。当然，这种女人是不存在的，所以我们没有什么可担心的。"实际上，很多男人就是下意识地秉承着这样的原则去享受女人对他的各种付出，很多女人也是因为无法超脱这些而和一个自己明显不中意的男人在一起。小爽的问题正是和这类女孩子一样，把爱和各种各样的情绪混合起来，比如同情对方，比如崇拜对方，比如习惯性依赖，比如得过且过，比如害怕改变，比如处女情结，比如害怕找不到更好的对象，然后把这些都统称为"爱"，要死要活地离不开对方。

要我说，一个好端端的女孩子，为什么不找一个宠你在手心、一天见不到你就难受、死心塌地爱着你的男人呢？"同情"是一种高尚的情感，更是一种容易疲劳的情感，谁有那么伟大，伟大到能同情别人一辈子？圣母玛利亚并不是人人都能当的，千万不要因为头脑发热而让下半生背上沉重的包袱。

Ayawawa 语录

★ 一个人所经历过的事情，尤其是童年时代的故事，会影响他成年之后的个性特征，童年早期的发育障碍及缺陷都会影响我们成年后的择友和寻找伴侣的态度。

★ "同情"是一种高尚的情感，更是一种容易疲劳的情感，谁也不可能那么伟大，能同情别人一辈子。圣母玛利亚并不是人人都能当的，千万不要因为头脑发热而让下半生背上沉重的包袱。

延伸阅读 怎样经营异地恋，才能使恋情更长久

在人类祖先的进化史上是没有异地恋一说的，它是社会变迁的新生事物。从本能上讲，人很难理解"我有一个伴侣，我需要保持忠诚，虽然他（她）不在我身边"或者"我有一个无法长期陪伴我的伴侣"这种事情。因此，异地恋目前尚无具体的研究可供参考，只能摸着石头过河。

感情并不是万能的。所谓真爱，其实就是两个人想长期共同生活，专一地对待感情，共同抚养后代，因为感情不是万能的。但异地恋无法实现这一点，这就是异地恋失败的最主要原因。因此，对异地的恋人而言，恋情更长久的秘诀只有一个，那就是早点结束异地的情况。如果不能早点结束的话，那就尽可能去创造条件让它早点结束。

不管是物理距离，还是精神距离，一旦爱人远了，很多人就会觉得恐慌。

大米是一个在基层事业单位工作的女孩，平时写写资料，整理一下档案，工资不高，压力也不大，以后有小小的升职空间。平时闲暇时间很多，父母和朋友都觉得这样的办公室工作最适合她这种小女生。

可是她很厌恶对领导卑躬屈膝、阿谀奉承的工作环境，同事之间还要排资论辈，感觉很压抑。她希望在一个平等、尊重、和谐的工作环境中，为自己喜欢的工作而努力奋斗，所以去年她咨询了职业规划师。根据测评结果再结合她的实际情况，规划师建议她从事钢琴演奏及教学方面的工作。这也正是她的理想，但是她在相关方面并没有足够的知识和技能，所以，结合自身的教育背景（她是学英语的），打算先做少儿英语教育类的工作，同时在专业的院校学习钢琴，经过几年的学习，慢慢转变自己的职业。

接下来，她计划第一步成为少儿英语教师。今年 9 月份，她就打算辞职到北京新东方学习少儿英语师资培训班（四个月），然后逐步转为从事这方面的工作。做少儿英语老师的工作可以让她有比较多的时间、资金投入钢琴的学习上，而且她也比较喜欢小孩，人际关系也不用那么复杂。

正当她满怀希望构筑自己的职业蓝图时，男朋友提意见了。他认为大米去北京学习整整四个月，两个人分开太久了，感情会受到考验。另外，他也很不理解大米为什么不能安安分分地做现在这份工作，或者再找份其他工作，为什么非要跑到北京去？

面对男友的阻拦，大米犹豫了……

勇于改变自己职业方向的人是我一直钦佩的，人活着只有短短几十年，要是不能做自己想做的事情，而是在平庸俗气、自己又不喜欢的工作中消磨人生，那是多么可悲的一件事。遗憾的是，世界上很多人都这样碌碌无为地活着，到老了才开始后悔。我不希望任何一个女孩成为他们中的一员，年轻时就应该去追逐自己的梦想，这样才有可能成功。

所以，重要的不是说你做某个职业（比如大米做少儿英语教师）合适不合适，而是你自己是否有一个完整的职业规划，是否有明确的计划和安排，是否有放弃现在的工作、十年磨一剑的勇气。俗话说"有志者事竟成"，我期待每一个轻女孩都能在理想的指引下闯出一片天。

但是，男生为什么会对女友的向外发展格外担忧，他所担心的考验到底是什么？有两方面原因，一方面是女友在外面可能会遇到更多的诱惑，另一方面是他在本地留守也可能会遇到很多诱惑。四个月，说起来并不是很长的一段时间，而且适当的分离对两个人之间的感情甚至有增进的作用，要不人家怎么老说小别胜新婚呢！所以，如果男生这么郑重其事地提出来，一定不是指时间对女友的考验，而是指时间对他本身的考验。你可以旁敲侧击一下，看看你们之间到底有什么隐患。一段健康的感情不可能经不起区区四个月的暂别，多半是有什么事情已经发生了，而女生的外出发展或学习可能会促进事态的发展，男生才会这样说。感情永远都是在最脆弱的部分断裂，防患于未然是很重要的。

我们都是俗人，感情需要在生活的磨砺中成长、茁壮，太脆弱的感情就像一只细瓷花瓶，适合闲暇时刻捧在手中把玩，但是经不起柴米油盐的侵袭和岁月的颠簸。如果你现在愿意退让，压抑自己的理想不肯离家，难道他就能保证日后永远不会出长差？倘若下次轮到他出半年的长差，你们之间的关系又该如何理顺呢？他是否会为了你放弃出差甚至升迁的机会？你是否能要求他放弃自己的机会来成全这段感情呢？他又是否会对此毫无怨言？现在如果答应了男生的要求，那么无形中你就失去了成长的机会。但是，他对你的付出是否认可，是否愿意对此负责，一肩挑起你的将来呢？当几年后，你目前的工作遇到瓶颈或者阻碍，你是否还有勇气重新去拼搏一番呢？

　　爱情不是你看我、我看你，而是两个人携手向前看。要是什么事都没有，仅仅是因为男友忍受不了几个月的分离，我觉得这样的男人还是慎重考虑吧。爱情可能会像仙人掌，在极端贫瘠荒凉的土壤中生长，但从没听说谁家的爱情像电子小狗，时时刻刻都需要人照看着。总之，有得必有失，两全其美的事情很难，要选择拼搏未来，就必然需要摆脱桎梏；要选择现世安稳，就务必让未来退居二线。

　　男人到底是自私还是过度忧虑，或者本来就另有打算，只是你去外面学习或发展可能会成为导火索，这些都需要你去求证。

　　最后来句老生常谈吧：两情若是久长时，又岂在朝朝暮暮？

Ayawawa
语录

★ 太脆弱的感情就像一只细瓷花瓶，适合闲暇时刻捧在手中把玩，但是经不起柴米油盐的侵袭和岁月的颠簸。

★ 爱情可能会像仙人掌，在极端贫瘠荒凉的土壤中生长，但从没听说谁家的爱情像电子小狗，时时刻刻都需要人照看着。

读者 "TOMMY" 提问 ─────────────────────────────────★

　　我跟老公结婚三年，宝宝刚满三个月，公司想把我派到日本工作。我觉得是个很难得的机会，但是这一去需要离家一年。娃娃姐，你觉得我应该去吗？感情稳定的两个人，分离多久更容易出现感情问题呢？

Ayawawa
贴心回复

　　我不建议夫妻两地分居，如果遇到不得不分居的情况的话，18 个月是上限。当今社会超过这个时间值的夫妻，很少有不出问题的。

─────────────────────────────────★

太多人说，爱情是可以超越年龄的。女孩于是心存幻想，以为只要有真情在，年龄一定不会成为爱情的鸿沟。事实果真如此吗？

古彤是一个1976年出生的女生，谈过一场马拉松式的恋爱，2015年年初时结束了。两个月后，经朋友介绍，她认识了一个男生，比她小两岁。当时她隐瞒了年龄，因为她是个独生女，很希望找一个疼她、爱她的男友，而不是拿她当保姆式情人，做饭、洗衣、带小孩、搞家务的那类，所以害怕男方知道她比较大会不疼她。

交往了几个月，他们各方面相处都很融洽，对彼此也都很满意。古彤觉得对方完全是她理想的老公人选：体贴、成熟、温柔，让人很有安全感。她没感觉到他比她小，一直都觉得他人品很好，对他很放心。这是她以前的那段恋情完全没有的感觉。她觉得，很难找到彼此都如此合适的人一起走以后的路了。古彤也试探过他，问他介不介意找一个比自己大一点的女朋友。他当时说不介意，人与人在一起是讲缘分的，没必要计较太多，两个人最重要的是适合，其他的都是可以调适的。

前些天，他无意中看到了古彤钱包里的身份证，当时脸色就青了。他立马问古彤是怎么回事，古彤当时心很乱，胡乱答了掩饰的话，后来想想年龄是迟早都要知道的事，就如实回答了。他当时非常不高兴，觉得是古彤骗了他。而古彤是觉得很委屈的，毕竟男人都希望找比自己小一些的女友，她也是因为太在意他，希望他们之间的关系更完美一点，才会出此下策。

那天下午一直到晚上，他都没有说话，注视着古彤的脸，不断地打量着。他说："你很可怕。你还有什么瞒着我的吗？比如说结婚了吗？生过孩子没有？"

古彤向他保证，除了年龄，其他全是真的。

他还是很不高兴，说："你将来有什么打算？你会不会因为年龄到了，所以随便找一个冤大头结婚就算了，而不是因为彼此真心相爱？"

古彤听了很生气，眼泪就掉了下来。她也是一个完美主义者，是那种敢爱敢恨的人，绝不是因为种种原因而委屈自己去跟一个不爱的人在一起的人。

他当时听后抱着她，说："你给我一点时间好吗？我是被雷到了，一直都以为你是八几年的，突然成了七几年，心里有点承受不了，很大的落差。但我还是很喜欢你的，非常喜欢。这一点，我们都不用怀疑。"

古彤的样子显小，生活条件优越，刚认识她的人都不会觉得她像七几年的，因为她是娃娃脸，笑得很甜。而且，因为是独生女的缘故，她有点娇气，喜欢撒娇，可能因为这样，他从来没有怀疑过她的年龄。

但这一次，他可能真的被吓到了。她从来没有见过他一言不发的样子，他们俩以前总是那么甜蜜、开心，笑声不断。

随后的几天，古彤不知道是因为她心里有一根刺，还是其他，她总觉得他对她没有以前好了。她想，虽然现在他不舍得离开她，但以后真的不会嫌弃吗？她的心很乱，她是很在乎他的，他也是真心待她好，什么事都想着她。在她工作不顺利时，他说："如果你下岗了，第一时间我就把工资卡给你，你不用有什么担忧。我有一碗饭吃，肯定留给你大半碗。"他不是随便说的，古彤也感觉到了他的诚意。所以，真爱一个人，是不会介意她的年龄的，对吗？爱一个人，就应该是爱她的一切！

在我的微信订阅号平台里，因为在乎对方而隐瞒真实年龄的案例时有发生。很多女生都会问，我不过就是隐瞒了年龄，对我们的感情不会有太大影响吧？有这样想法的人，是因为没有看清事物的本质。这个问题的重点不在于年龄，而是你口渴去买水果，想吃橘子买了一袋橘子，回来的时候却发现一袋橘子变成了一袋饼干，你会不会很郁闷、恼怒？虽然饼干也没什么不好，说不定还更贵。

男生在认为你年龄小的基础上说过的话，当然不能在知道你年龄大之后还成立。尽管他口中说不介意，但实际上他还是会在心里产生芥蒂的。不信你去问问那些找了处女的男人介意不介意女友不是处女，多数都会告诉你不介意，而且他们还会告诉自己的女朋友自己完全不介意。为什么？当然是因为已经得了便宜，不需要再卖乖。我的一个男性朋友亲口说："我一直反复告诉她我不在意，她开始很生气，后来也就认了。要是我说自己介意，说很感激她，那以后感情有变化了，她拿这个说事甚至要挟我怎么办？"

不要说你爱我就要包容我的一切，这个话不讨喜，而且也不是实情。万一他突然告诉你，他是三个孩子的父亲，我估计你也无法接受吧？

古彤的男朋友爱她，这是真心的，不用怀疑，但他和她近期结婚的可能性很小，从一开始就是，只是古彤被甜蜜蒙蔽了双眼没有发现而已。

他现在之所以态度大变，是因为他不打算近期和她结婚而且怕她想结婚的缘故。男人在爱情上可能是盲目的，但在婚姻上是很实际的。如果古彤是八几年的，大概他还可以和她相处几年，看看她适合不适合他，适合就结婚，不适合就毫无愧疚地分手。但是古彤现在的状况让他害怕了，向着一个既定的目标走去，没有其他出路、被强迫的感觉是很让人窒息的，这不能怪他。

这时候古彤解决这个问题的唯一方法可能是，直接告诉他自己很珍惜他，也很在意他，看他怎么说吧，做好心理准备。最坏的打算是他们还会在一起好一段时间，但是他不会像从前那样了，会逐渐冷淡直到她受不了，主动提出分手。

Ayawawa
语录

★ 隐瞒了真实年龄的恋情，重点不在于年龄，而是你口渴去买水果，想吃橘子买了一袋橘子，回来的时候却发现一袋橘子变成了一袋饼干，你会不会很郁闷、恼怒？虽然饼干也没什么不好，说不定还更贵。

★ 不要说你爱我就要包容我的一切，这个话不讨喜，而且也不是实情。万一他突然告诉你，他是三个孩子的父亲，我估计你也肯定无法接受。

延伸阅读 **"不想耽误你的青春"是男人的免责条款**

从来没有男人怕耽误女人青春的，怕耽误青春，一开始就不会和你交往。男人说怕耽误你的青春，无非是免责条款，怕你青春剩下的不多，难找其他对象而"赖着"他罢了；无非是不想对这个女人的未来负责罢了；无非是想享用你的青春，却不想付出任何代价罢了。真正不想耽误你的青春、为了你好的人，一开始就会远远地观望着你，关心着你，但不会和你在一起。

有个叫杨艺的读者来信说:

昨天晚上,躺在沙发上看书的老公对躺在沙发上看电视的我说:"我觉得你现在越来越没有追求,没有想法,跟你交流越来越困难了。"我抬头看看他,他表情很严肃,说得很认真。

我们结婚三年了,他这种论调至少说了有一年半,刚开始我还不以为然,觉得他是在开玩笑,就常常开玩笑地回应说:"是啊是啊,我现在是家庭妇女,大俗人一个,咱们家精神文明建设的重任就交给你啦。"

渐渐地,我发现他说这话的次数越来越多,态度越来越认真,心里就觉得很不舒服。回想这一年多来,我们俩确实交流得越来越少,偶尔聊天,他谈他的电影、音乐、小说,我说单位里的事情、朋友的八卦、新买的衣服、鞋子、包包,说不到一起去。晚上或者周末,两个人在一起相处的固定场景就是,他在客厅里看书或者看碟,我在书房里上网或者打游戏。

其实我知道他对我的不满在哪里。我们是大学同学,读的都是文科,就是人们口中的"文艺青年",当年也是在文学社结下的"革命友谊",我写写小说、他写写诗什么的,恋爱自然谈得也是富有文科生特色的花前月下和诗情画意。毕业后我考上了公务员,他进了出版社,于是,我们的分歧也就越来越大。

我的工作虽然不繁重,但很琐碎,而且精神压力很大,经常要看领导的脸色或揣摩领导的心思，碰了几次壁之后，书生气自然磨损了不少，人也变乖了，工作之外的时间就特别想过那种不用动脑子的生活，打个游戏啊，逛逛街啊，买买东西，聊聊八卦什么的。而老公在出版社，工作轻松，时间灵活，一星期有两天都是待在家里的，再加上本身从事的就是文化产业，所以他那种"诗意的栖居"的理想还保存得很完整，依然过着"诗、书、花、酒、茶"的生活。我本来觉得这样挺好的，每个人都自得其乐。偏偏他不满足，觉得我变得越来越世俗、越来越物质，没理想、没追求，刚开始他还会经常跟我谈谈卡尔维诺、维特根斯坦，探讨一下生存的意义，但是我觉得这些话题太大、太空，说这些很矫情，倒不如说说怎么存钱换房、买车来得更实在，到后来他就很自觉地不跟我说这些了。有时候我想逗他开心，就主动提这些话题，请求他给我普及普及，他就用那种很不屑的语气说："算了，说了你也不懂，懂了也不感兴趣。"

说实话，我是觉得蛮受伤的，谁不想一辈子阳春白雪，不问柴米油盐的事情啊，但是一家子过日子总要有个操心的人吧。他是被父母和我宠坏了，物质上、经济上的事从来不用发愁。他也不想想，房子是他父母买的，日常开销大部分是我出的，虽然他的工资全部上缴，但他的工资只有我的二分之一啊！当然，我必须承认，他确实是个对物质生活不大在乎、不大讲究的人，我也爱他的那种纯真与理想主义。可是，照现在这个趋势下去，只怕不是我嫌弃他，是他嫌弃我、离开我呢。

我该怎么办呢？我真的很爱他，但我真的没有时间也没有精力来提升自己的"精神生活"去满足他。

这位读者的老公与古时候的穷书生有异曲同工之妙。古时候的穷书生经常有一个共同的特点，他们的意淫对象都是妖精和富家小姐，其中又以前者为甚，最好的结局就是前者陪了他好几年，然后把他拱手让给后者。不信你看看，古代的神话故事里，这样的故事多得数不胜数，充分反映了广大穷书生对于类似事件的急切渴盼。

为什么妖精好呢？大概有以下几个原因：首先，妖精一般都异常漂亮，能够充分满足书生感官上的需要；其次，妖精不用吃喝拉撒，根本不需要穷书生养活；第三，妖精神通广大，时不时可以告诉书生"彩票中奖号码"，比如门前老榆树西侧下挖三尺有坛金子，或者午时出城门南向有人掉了稀世珍宝；此外，妖精善解人意，且非常本分，知道自己配不上书生，所以只能陪睡数年，解决书生的吃喝拉撒以及性需求，待他功成名就之日翩然离去，外牵一根红线，将他拱手让给公主或大富人家的小姐，从不霸占着书生不放。偶尔有个白蛇这样不知趣地想和男人白头偕老的，自然有法海拿出金钵把她镇到塔下。

从这几点上来看，我们很容易了解部分穷书生的劣根性。在他们的终极意淫里，女人最好能够让他们吃白食，神通广大又美艳，可以解决他们的温饱问题和性需求，当他们功成名就、得陇望蜀之时，会善解人意、一声怨言没有地让位。问题似乎出来了，神话总归是神话，意淫总归是意淫，要是真有这么好的事，咱要求不高，别的也不必，先给大伙送上个点金术就行。当然，这是没有的。像杨艺这样的平凡女人，哪里担得上妖精一职？所以，倘若老公不懂惜福，就不要像妖精一样里外一把好手，务必得请他吃点苦头。从马斯洛的需求层次理论里，我觉得完全可以总结出一点，他踩着你的努力向上爬没关系，但当他开始嫌弃你的时候，你当然应该抽身，让他回到应有的层次来。他不愿意承担"精神文明建设"的重任，那就一起参与物质文明建设呗。家里垃圾不需要人倒？衣服不需要人洗？地不需要人拖？菜不需要人做？碗不需要人刷？

说白了，我觉得杨艺的老公更像那个"何不食肉糜"的晋惠帝，只不过人家说的是口粮，他说的是精神食粮。人家说"仓廪实而知礼节，衣食足而知荣辱"，他也不想想，仓廪实和衣食足是从哪里来的？这样不知进退的人，怎能一如既往地娇宠着他呢？再爱也不能溺爱，父母对孩子是如此，夫妻之间也是如此，当他并不能体谅你的付出和艰辛时，你可以适时让他体会体会，一起来做家务，家里没电、停水，你大可不必担心，没钱，问他要呗，让他操心呗。甚至可以向领导要求出一个月的差，让他忙个焦头烂额，看他还有没有心情风花雪月。

需要提醒所有女孩的是，男人说跟你交流越来越困难，一般是在有比较之下做出的判断，因为你们之间的相处之道并不是突然改变的，他很难将现在的你和以前的你做比较。他之所以这么说，多半是因为有了可用于比较的人了。这一点一定要注意。

Ayawawa
语录

★ 倘若老公不懂惜福，女人千万不要像妖精一样里外一把好手，务必得请他吃点苦头。

★ 男人说跟你交流越来越困难，一般是在有比较之下做出的判断，因为你们之间的相处之道并不是突然改变的，他很难将现在的你和以前的你做比较。他之所以这么说，多半是因为有了可用于比较的人了。

危机篇

女人想结婚，男人想私奔

莫须有的罪名越大，
翻牌的概率越高

我曾在《幸福爱：从新手到高手的爱情修习课》一书中写过，有一类家境不好人又特别孤傲的男生千万不要追。而如果一个男人既是"凤凰男"又是"一直打压你的男人"，就更不要碰，但就是有些女孩子躲不开掉这样的男人。

瑶瑶在大一时认识了已上大四的男友，毕业后他考上公务员留在了上海工作。他从工作以后就想和瑶瑶分手，但不想自己提出来，因为当初是他疯狂地追的瑶瑶，所以就天天挑她的不是，想让她自己受不了提出来分手，这样的话，他不得罪人。偏偏瑶瑶是个完美主义者，总认为真是自己做得不够好，所以大学里尽管别人都认为她很优秀，可是她自己总看不到希望，天天活在抑郁中。他家里很困难，没钱买房不说，还要供妹妹读书。他知道瑶瑶的家境很不错，人也很优秀，如果放弃她，未必能找到一个有现成工作、人还很好而且愿意嫁给他的女孩。在离开学校的两年里，他始终在矛盾中徘徊，对她自然不那么好，而瑶瑶因为家庭教育的原因，是那种要么不爱、要么就爱得死心塌地的人，他们就一直以男方不断打压而女方不断忍让的模式相处着。

事情的转折点在于瑶瑶的父亲生了一场大病，住院用去了一大笔钱，他知道后就一直打听她们的家底，怕她父亲要是病得厉害，反而拖累他，所以就一直找借口分手。并且分手后怕她再找他，就在她朋友面前说了许多诽谤她、侮辱她的话，什么她父亲的病说不定会遗传给她，说娶错一门亲、祸害三代根之类的，然后立马去追另一个女生了（这个女生有正经工作，人也不错）。

一个月后，瑶瑶考上了公费研究生（在这之前，他一直以为她是没希望的）。他追其他女孩子也屡屡受挫，就又回来找她，而且同时脚踏几只船，把她当备用女朋友。因为圈子不同，瑶瑶并不知晓。想到毕竟还有三年的感情，在去重庆读研之前就又给了他一次机会。

可是没过多久，瑶瑶就发现他跟其他女人不清不楚。仔细一查，才发现他和一个在牌桌上认识的女人正打得火热。瑶瑶气不打一处来，立刻提出了分手。他见没有任何回旋的余地，就开始四处散播谣言，说什么他帮她、支持她考的研究生，还说爱就是要让心爱的人去更高的地方。最无耻的是，他还拿她的成功去给自己长脸，说瑶瑶之所以有今天的成绩，都是他呵护出来的，甚至还拿她的成绩在别的女生面前炫耀——看看我以前的女朋友多优秀，我们分手都是为了她好。引得一大群女生可怜他，据说他也是这样装受伤、装可怜找到现在这个女朋友的。

瑶瑶为此气得咬牙切齿，但因为她跟他相隔甚远，就好像拳头打在空气上一样，对他所做的事也无能为力。

瑶瑶向我求助的时候，我给她讲了两个故事：

第一个故事是关于白隐禅师的，白隐是位生活纯净的日本修行者，乡里居民都认为他是个可敬的圣者。他的住处附近有一对夫妇，家里有一个漂亮的女儿。无意间，夫妇俩发现女儿的肚子无缘无故地大了起来。女儿起初不肯招认那个人是谁，经过一再逼问，她终于吞吞吐吐地说出了"白隐"两字。她的父母怒不可遏地去找白隐理论，但这位方丈不置可否，若无其事地答道："就是这样吗？"孩子生下来后送给了白隐。此时，他的名誉虽已扫地，但他并不以为然，只是非常细心地照顾孩子——他向邻居乞求婴儿所需的奶水和其他生活用品，虽不免横遭白眼，或是冷嘲热讽，但他总是处之泰然，仿佛他是受托抚养别人的孩子一般。事隔一年，这位没有结婚的妈妈终于不忍心再欺瞒下去，就老老实实地向父母吐露了真情：孩子的父亲是在鱼市工作的一名青年。她的父母立即把她带到白隐那里，向他道歉，请他原谅，并将孩子带回。最后，白隐超乎"忍辱"的德行，赢得了更多、更久的称颂。

第二个故事是我姑妈讲的一个十年前的真事。她们单位有一个领导特别好色，所有人对他都敢怒不敢言，怀恨在心。某次他和其中一个经常受他骚扰的女职员一起乘公交车，车上又挤又乱，不知怎的就有人的钱包被偷了，也不知怎么回事，这个领导就被大家当成了小偷，大家一拥而上地对他拳脚相加。这时女职员趁着混乱，不露声色地小声说了句"上次就看见他挨打了"。大伙一听，哎呀，还是个惯犯！于是打得更狠。那个时候的人特别痛恨小偷，正义感也挺强的，这一次打得领导足足半个月没上班。

不知你们看明白没有？第一个故事的意思是：他铺的摊子越大，以后被翻盘的概率越高。他给自己造的孽越多，吹得越多人知道，越过火，以后圈子里的人遇到瑶瑶的概率越高，相信她的机会也就越高。周围人发现自己被欺骗得越久，一旦恍然大悟，歉疚心理越重，传播此事的愿望越强烈，她翻盘的可能性也就越大。他要是从此不提瑶瑶这个人，她才只能独自吃哑巴亏，没有任何办法对付他呢。

第二个故事的意思是：他要是这种"凤凰男"的德性，不用瑶瑶现在去找他的麻烦，他早晚会显出原形。你以为他会那么容易就在一个女人面前收手，就亏待了她一个人，对以后的女朋友都宅心仁厚、永不再犯？所以一定要心平气和地等着看他笑话的那天。常言道："君子报仇，十年不晚。"

咬牙等着娶仙女的男人

突然发现，身边有不少"凤凰男"。

最近见这样的人见得太多，感觉世界真是可怕，时时将人摆上天平称量，不让你有半点喘息的机会。

这里所说的"凤凰男"不是那些传统定义出身贫寒，经过辛苦留在大城市生活的男人，而是指先天不足，什么好东西都不属于他，习惯了奋力汲取，然后贪得无厌的男人。

追溯一下凤凰男的起源。早在学校时，最优秀的女生早就名花有主，剩下的女生，凤凰男看不上，或者勉强将就着，心里有深深的不甘心。

这样的人，不甘淡泊又技不如人，当然盼望自己有一天咸鱼翻生，娶个漂亮妹妹光耀门楣，或者是升官发财死老婆——注意，从句式看来，这三者对他而言，都是同等之喜。

你要是女人，你愿意不愿意嫁一个盼着你死的男人？

所以，在你还是女孩子的时候，一定要警惕这种男人。哪种男人呢？就是自小并不出众，靠后天努力得到高学历、高收入后，咬牙等着娶个仙女的男人。他们的特征是：

绝对不帅（倘若长得端正，那就一定穷困潦倒），很隐忍。在学校里，他们学习特别努力，步入社会后，工作上比一般人能拼。倘若他们和你同在学校、年龄相仿的话，就会特别乐意忍让你（即使你不是很优秀），除了金钱上可能有点小气，什么吃苦受累的跑腿事儿都愿意为你做。倘若他们年长你许多，你会看到他们即使社会经验丰富，感情上也会相当幼稚，对你的过去很在意，占有欲很强。

这个年头，不是拧巴的人就不花心，有时长得好看、背景好的人，反而格外珍惜自己的羽毛。反而是一无所有的人，更容易破罐子破摔，拼得一身剐，要把美女娶回家。

这样的人也挺可怜的，只怕时常会半夜醒来，惊叫连连，皆因梦魇中被黑影鞭策追赶。

他并不是不愿意相信你，只是他连自己都不能也不敢相信。他们对感情并不信任，信任的是金钱或者后天的努力。这样的人坚信，倘若他有一天突然破产，一无所有，你一定会离开他。

我不知道怎么概括这样的男人，所以只能借一个词来形容，叫作"凤凰男"。

很多傻女人都经不起男人逗

　　我有个关系比较好的男性朋友，他从小被称为"女性杀手"，特别能说会道，嘴特甜，长得也还过得去，身边的女性朋友都被他哄得特别开心。很多年以后，我跟和他要好的几个女孩子聊天，闹了半天，所有人都以为他对自己是情有独钟的。但我向他问起，你猜他怎么说？他特别无辜地睁大眼睛："我从来就没喜欢过她们中的任何一位，我喜欢的是当年××班的×××。"那是一个我们从来没有听说过的女孩子的名字。我问："你不是和她们都挺好吗？"他摆摆手说："甭提了，很多傻女人就是这样，经不起男人逗。"这样的"男友"，其实是要加上引号的。

　　魏萍的男友跟他很相似，对恋爱既不主动，也不拒绝。他们的开始，是因为他开玩笑让魏萍误会了他正在追她，而在她挑明问他的时候他又不忍心拒绝，所以就那样默认了。到现在他们在一起已经四个月了，魏萍觉得很幸福，因为觉得他特别细心、体贴，对她也很好，但是他们在一起，很明显魏萍喜欢他多一点。他虽然也会带着她以女朋友的身份出现在他的朋友和同事面前，但一直没有在介绍她的时候冠上女朋友的称呼。他们在一起四个月，他姐姐也是知道的，但在这四个月里，他从来没有亲过她，尽管很多时候，他并没有松开她牵着他的手，但她总觉得少了点什么。

　　魏萍总觉得，两个人的感情是可以培养的，她是一个很传统居家的女孩，想找个合适的人平平淡淡地过一辈子，而她觉得他是非常适合她的。朋友对魏萍的评价是贤惠二字，身边的人也都说谁娶到她就有福气了，因为她有一手还算不错的厨艺。她也是个目标明确的女子，知道什么是自己想要的，然后会主动出击。在和男友相处中，很多时候也是她主动的。身边的很多男性朋友告诉她，其实男人都很贱，太过容易得到的就不会珍惜，她不知道是不是这个原因，才让他一直与她有距离感，还是因为什么其他原因，他才没有完全接受她。

读者们，你们看出来什么问题了吗？这个男人从来就不是她的男友，以前不是，现在不是，以后也不是。他就跟我前面提到的男性朋友一样，特别细心体贴，但这种周全是对所有人的，不是只对她一个人。两个人在一起，倘若连亲热都没有，也没有获得过对方大方的承认，那就必须面对一个现实：这个"男友"，连喜欢都未必谈得上，更不要说爱了。

感情分很多种，就像红色分为粉红、玫红、大红以及无数的渐变色一样，他可能对女孩是有好感的，但这份好感，四个月都没能为女孩赢来女朋友的称谓，当然更不可能为女孩赢来更加艰难的神圣婚姻。我们都不是男人，不知道要让男人开口求婚有多难。我推荐我的一个外国朋友写的一本书《承诺先生》，或许它可以给女孩们一些启发，别再试图靠努力去争取这么困难又不靠谱的事情。

或许这个男人，性格使得他不会拒绝，在责任上他选择了继续，但是在他内心深处绝对是不太喜欢的。在这样的关系里，只要那个男人还有责任心，也许通过女方的努力可以在一起，但是绝不会幸福。一位资深女性心理专家说过：喜欢只是想和你上床，爱是想永远和你在一起。如果连亲热都没有，那就更不用提了。如果女方对他没有吸引力，那么感情是培养不出来的。

另外，你们要相信一点，任何女子，只要不丑、不傻、性格温和一点，还没嫁出去，身边所有人都会在她面前为她惋惜，告诉她谁娶到你就太有福气了。这就是传说中的"贤惠卡"，与"好人卡"其实是一个意思，只不过你的心仪对象不会这么说，而是由女人和你看不上的男人来颁发给你罢了。这不能作为能够让男人爱上你，能够让你嫁给他的凭据。即使玛丽莲·梦露也会有男人不喜欢，更何况一个普通女孩子的那点"贤惠"或者"厨艺"。一个女人主动去牵了男人的手，他要是再把你甩开，那就做得太不近人情了。

Ayawawa
语录

★ 两个人在一起，倘若连亲热都没有，也没有获得过对方大方的承认，那就必须面对一个现实：这个"男友"，连喜欢都未必谈得上，更不要说爱了。

★ 任何女子，只要不丑、不傻、性格温和一点，还没嫁出去，身边所有人都会在她面前为她惋惜，告诉她谁娶到你就太有福气了。这就是传说中的"贤惠卡"，与"好人卡"其实是一个意思。

读者"小 SS"提问

曾在你的微博上见你提过"恋爱 21 天养成计划"，可以让感觉感情浓度不够的 MM 们在 21 天后收获飞跃性质的感情提升。请问可以简单透漏一些让感情升温的方法吗？

Ayawawa
贴心回复

其实可以让感情升温的办法太多了，并且都非常简单，我们也能在很多地方看到，最重要的就是看你能不能坚持到底。下面这三个小贴士，如果你能做到的话，就能秒杀至少百分之八十的女孩子了。

第一点是不管他给你什么东西，你都要表达感谢；

第二点是让他觉得你是他心里的唯一，是不可替代的；

第三点是在他想静一静的时候，让他静一静。

有些女孩，无论吃多少亏都没办法清醒地面对感情。

胡艳九个月前给我发微信，还在为前男友的背叛一再感情失控，转眼又认识了某大学的一个老师（是行政人员）。他说她是他喜欢的类型，如果一直以结婚为目的找对象，也未必能找到，反正她闲着也是闲着，不如和他谈一场恋爱好了。她没反对也没坚持。

接触一段时间后，他说她不能去学校找他，不能让同事知道她的存在，他妈妈也不会同意他们的（因为胡艳比他大三岁），她问为什么。他说，他曾经的女朋友本来和他关系很好，突然分手了，同事都知道，然后他觉得很没自尊，所以不想在没确定关系之前就闹得满城风雨，毕竟他是在学校工作。去他家的时候，从来都是他走在前，胡艳走在后。

他曾说，要她赶紧找结婚对象，不想耽误她，因为她年纪也不小了，他以后也会有女朋友的，单位的人帮他介绍的对象也是老师，等等，但他们要每天保持联络。

后来，胡艳尝试不跟他接触，把他拉入黑名单。他一天拨了几十个电话，手机、公司电话，甚至还打电话给她妈妈……周末她去找他，他就问："为什么不接我电话？是不是要惩罚我？为什么不能接受我还要找我？我们不是很好吗？！我觉得很受伤。我们就不能在一起了吗？连普通朋友都做不了了吗？"最后又说，他妈妈不可能接受胡艳比他大。可是他们认识的时候，胡艳也没隐瞒过年龄。

她不知道他算不算一个极品男，28岁，2015年研究生毕业，当教师，工资一个月大概3000块钱，没房子，身高170厘米，只是身上有她很喜欢的斯文的书卷味，长相一般。而胡艳，31岁，是企业的副总，工资是他的好几倍，有房，年底又准备买车，长相不算美女，却也比平常姿色略高。她不明白，为什么自己会喜欢这样的人，而且很讨厌自己的不坚决。他每天都给她打电话，接电话时，她总是沉溺在他们是相爱的假象里无法自拔。一如她之前的恋爱，明知没有未来，却总是沉溺其中不知如何拯救自己。

我相信你们一定都下载过盗版软件，在注册或者安装的时候，上面一定会有免责条款。倘若你不打勾，安装是没有办法进行下去的。倘若你已经打勾了，等到出问题——比如被检测出现盗版，比如软件有种种限制，比如系统崩溃，那么就只能责任自负了。

当然，安装"盗版软件"的人还是很多的，比如前面提到的胡艳。他都说了，不可能跟你结婚，还把责任推到他妈妈的头上。从这个时候起就应该知道，他是一个不折不扣的"盗版软件"。盗版软件表面上和正版没有什么两样，他可能也会削苹果给你吃，煮面给你吃，帮你按摩头。但是，他终究还是盗版的，一到短兵相接的时候就会黑屏。不信，你告诉他你怀孕了试试？

不用自怨自艾，世界上有很多人在用盗版软件，盗版软件也确实很好用，但是要想找个能稳定走向婚姻的，要想系统能好好地正常运转，好比说电脑里存着很多重要的财务文件，那么就必须购买正版——至少不能明知是盗版，还要贪图方便、舒服和便宜继续使用。

男人有时候根本不是爱的能力比较差，爱的能力比较差是指心有余而力不足，如果他明摆着告诉你他以后会交女朋友，那就表示他根本没把你当女朋友！他不想为了和你恋爱而冒险，那就不是在和你谈恋爱，只是拿你当作性伴侣，找个免费发泄的对象。至于他说的受伤害啊，被惩罚啊，那纯粹是得寸进尺了。

吃免费午餐吃成了习惯，失去的时候当然会觉得浑身不舒服。

　　看一个男人爱不爱你，不能听他怎么说，而是要看他怎么做。像这种烂人，为什么要和他保持联络？他每天给女生打电话，无非是想钓钓胃口，让她的心悬着，让她受不了煎熬和折磨，从而乖乖地拜倒在他的西装裤下。要是仅仅削苹果、煮面、按摩这种小事就能换来和女生的甜蜜，还不用负责任，我相信要是女生愿意，完全可以得到更多，比如钱啊，比如包啊，甚至房子和车都不用自己买。

　　说你是他喜欢的类型，这是男人骗女人上床的必然招数，类似的还有"你真是很特别、很与众不同的（特别想和你上床）""你在我心里有着与众不同的地位（目前我最想和你上床）""和你在一起我感受到从未有过的快乐（每换一个新的伴侣，我都会感受到以前从未有过的快乐）""别人都觉得我们特别相配（只有我不这么认为）"……

　　可以告诉他：要是不打算娶我，就别碰我。我就不信要是女生这么做，他还能坚持三个月！男人有时候排遣的不是寂寞，而是性冲动！

Ayawawa
语录

★ 看一个男人爱不爱你，不能听他怎么说，而是要看他怎么做。

★ 男人有时候排遣的不是寂寞，而是性冲动！

没有足够的爱，
就很难适应婚姻的柴米油盐

百合和男友是去年夏天认识的，他比她大三岁，来自重组的家庭。他年薪大概 7 万，正在考成人本科。百合家里是做生意的，自己的年薪接近 50 万，正在读成人本科。

百合是一个很好强的女孩子，但是也希望今后的家庭男人能挑大梁。她目前的现金存款近百万，外加一套房子（父母住着），跟他在一起，她不敢透露这些，只称底薪 8000（其实她没说谎），没提到存款，他知道她对结婚对象的要求是有一套房子。

跟他相处的过程中，他对她不错，但她周围的人包括父母都不怎么看好他们。原因有四：

一、他的家庭：他妈妈是在他十来岁时生病去世的，后来他爸爸再组家庭，但是他们的关系不是很融洽。五一劳动节，百合提出去他家看望家长，被他爸爸婉拒了，说都安排满了，没有时间，让端午节再去。为此她父母觉得他们家完全不重视她，也不懂得亲情的交流。

二、物质问题：有一次在她们家，她父母说你们结婚我们很高兴，但我们也没什么能力帮忙，以后你们过日子想要回家了，这里有热饭热菜随时欢迎你们回来，但他当场就低着头，一言不发。她父母觉得他没有那种讨媳妇就该负起责任的男人的样子，而他说自己很难过，什么叫没有能力？百合问他希望家人帮什么忙，他就说这是你们应该考虑的。

二、小孩的问题：百合想以后有了孩子，就辞职在家待两年，自己带孩子。然后他就反对说："你辞职知道意味着什么吗？你想过我们的以后吗？以后我们在一起，你不能再买几千元一件的衣服了，我们要存钱，收入要有一部分固定存款用来应急。以后家长老了有什么事情都要用的，养个孩子最少要有 10 万存款吧，这样算下来，我们在 35 岁前都别要孩子了。"他还问，她妈妈说没能力帮他们，是不是也包括不帮他们带孩子？

四、礼节问题：因为他们预定的是明年的婚宴，已经订过酒水了。百合的家长在订婚宴之前询问过他们，两个人都要订婚了，为什么家长不碰头？他以家里人一直以为是领证前碰头为由推托，她家长为此相当不满意，觉得连对方的家长都没见过，就莫名其妙地订婚宴了。她妈妈说："这个事情要大人先碰头的，碰头商量后，接着该怎么操办就怎么操办。"这一句话，他一直记着，私下问她："什么叫见面之后该怎么操办就怎么操办？"她解释说，家长希望见面后他们再开始计划流程，比如该什么时候拍照片就什么时候拍。他表现出一副明白了的样子，完全像是套她的话，想知道她们家在婚事上出什么力，有什么嫁妆。

因为这些，百合越来越觉得他跟她在一起很大一部分都是因为她条件好。办婚事订的婚宴 11 万，8000 元的照片，在付照片的 1500 元定金时，他说你去看一看，后来看她有些迟疑，才拿着钱包出去付款了。百合的实际收入很多，但不敢告诉他，她也很矛盾。如果他是一个喜财多于感情的人，她会很失望。如果不是，告诉他之后担心他会不会因此而自卑，或者又因此渐渐变得习以为常。每天就这么思维混乱着，日子越来越向婚礼逼近了……

诚然，择偶一定要考虑对方的家庭情况，重组家庭属于不太好的状况，但并不尽然。有时候贫瘠的土壤也能长出很高大的树木，肥沃的土壤反而会长匍匐植物。

　　但是，让人感到特别不舒服的是那句反对女生辞职。我常常对女孩讲，一个很爱你的男人、一个有担当的男人永远会尊重你的选择，即使你不工作，他也会想办法挑大梁的，即使他很吃力也会试着去挑，而不是对你叫苦不迭。说什么35岁以前别要孩子，这纯粹是混账话！是赤裸裸的威胁！因为生理因素，男人四五十岁甚至七八十岁一样可以生育健康的后代，而女人35岁以后就是十足的高龄产妇，所有档案全部直接算作高危，一切孕期检查都和别的家族遗传病史或者生育过病童的孕妇一样安排，半点不能落下（35岁之前有些孕检是不用做的）。一个爱你的人，他会为你的身体着想，会为你们俩后代的健康着想，而不是为了其他任何事而让你遭受高龄产子的痛苦。其实，我觉得这个男人还不如撕破脸说，要是你不工作，咱们干脆就别要孩子了，等以后我有钱了重新找个小老婆为我生孩子，那么至少我还觉得这个人实诚。他现在这样说太虚伪了，这种虚伪的意图很明显，就是摆出无辜的嘴脸，悄悄地把压力转嫁给女生，希望她自觉地作为家庭重要的经济来源而存在。

　　人的素质涵养和门当户对很重要，周立波有一句话说得很有道理——"喝咖啡的和吃大头蒜的确实不能在一起"。另外，两个人之间要是没有足够的爱（特别是男人对女人），根本无法应对婚后的各种鸡毛蒜皮和柴米油盐。结婚毕竟是一辈子的事情，现在就有诸多不好，以后怨气堆积起来，很可能会越来越差，消磨掉所有感情。

　　依百合的自身条件，完全可以找个更好的。不过也要抓紧，因为女孩子的青春短暂又宝贵。不过，要是没有更好的，这个男人也不算太坏的选择，只不过他就是确实比较看重钱财。日后若知道百合很有钱，可能会怨恨之前曾对他隐瞒收入。以后如果他赚了不少钱，他们的婚姻状况会相对不稳定一些。所以我的建议是，在结婚前，女方完全可以试探一下，说孩子可以穷点养，我委屈点没关系，怀孕其实也用不了多少钱之类。看他怎么说，从而决定下一步的行动。

不合适就早散！哪怕登记的前一秒都可以反悔，哪怕当一个"剩女"，也比结婚之后再离强啊！

Ayawawa
语录

★ 两个人之间要是没有足够的爱（特别是男人对女人），根本无法应对婚后的各种鸡毛蒜皮和柴米油盐。

★ 不合适就早散！哪怕登记的前一秒都可以反悔，哪怕当一个"剩女"，也比结婚之后再离强啊！

读者"倩倩"提问 ─────────────────────── ★

女人的财富和赚钱的能力，在择偶方面能为她提分吗？能赚钱的长相一般的女人和没有钱但长得很漂亮的女人，哪一个更容易嫁出去？为什么？

Ayawawa
贴心回复

情感关系一般需要四种价值来维系，分别是情绪价值、养育价值、观赏价值和生育价值。正常情况下，男女分工为 2 : 2，即男人主要负责提供养育价值和情绪价值，女人负责提供观赏价值和生育价值。

在这个大前提下，我们可以先考虑一个问题：

一个长得不帅有钱的男人和长得帅没钱的男人，哪个更容易娶到老婆？

是不是有钱的？

这说明，在择偶市场里，男人的养育价值要比观赏价值更重要，如果你愿意承认这一点，希望找一个养育价值大于观赏价值的男人结婚的话，那么就要接受男人也希望找一个生育价值大于养育价值的女人结婚的现实。

女人的财富和赚钱能力，确实能为一个女人提分，但是远远不如年轻漂亮为女人提分提得多。没有钱但是长得很漂亮的女人，要比能赚钱但是长相一般的女人更容易嫁出去。

　　我有一个朋友长得挺漂亮也挺有钱，找了个比她小两岁、经济状况也一般的男友。我们见过她男友，都觉得这个男人是"凤凰男"，早晚会抛弃她。后来她问男朋友："我比你大两岁，等到你功成名就的时候我已经人老珠黄了，你会抛弃我吗？"男友想了想说："至少现在在我眼里，你是最有魅力的，我一点也不介意你比我大。以后哪怕需要逢场作戏，也请相信我肯定是永远把你和我们的家庭放第一位的。"女友后来又和我们聊起的时候，原封不动地转述了男友的话，试图以此来证明男友对她的爱和忠诚。我们能说什么，只能长叹一口气，劝她保护好自己的婚前财产。

　　他提到"逢场作戏"，当然就说明他会"逢场作戏"。事实如何变迁我们不得而知，即使是信誓旦旦的人，以后也不是没有出轨的可能。但一个对于自己目前的感情都无法确信的男人，只能说明他一开始便存了贰心。

　　小青的男友跟他有些类似。他们在大学里认识四年，是最好的异性朋友，一直相互喜欢但没在一起，直到去年两人即将毕业，才终于走到了一起，而且交往后不久小青就把第一次给了他。她觉得他是一个可以托付终生的人。

　　1月份放寒假，小青回老家W市，他还留在Q城，两个人将近三个月没见面。再见面时敏感的她发现了一点不同——他似乎没以前那么喜欢她了。仔细追查才发现，他居然在这三个月里分别跟两个女人开过房，一个是他的前女友（已结婚，现在已怀孕），一个是他业务上的普通朋友。和业务上的朋友发生关系的事，他还告诉了他的好朋友。

她气急，跟他吵，他却无所谓地说，事情是有过，但他并不喜欢那两个女的，当时和她们只是肉体上的关系而已。他在所有人眼里都是好男人，有事业心而且负责任，为人诚信，唯独对爱情，一直标榜爱和性可以分开。他强调过无数次爱小青，但总说他也有生理需要，那时候他们也不在一起，所以希望她谅解。

小青心软，也不能忍受自己的第一次失去三个月后就分手，所以就原谅了他。但之后的相处，一旦分离，她就会忍不住猜忌，觉得对方总是会背叛她，又出去找别的女人了。几次大吵之后，她提出分手。给他发了分手短信后整整三天，他没有任何回复，只是悄悄地把签名改成了"你恨我"。

小青很伤心，不知道他是不是就这样默认分手了，连一次给她骂的机会都没有。一个口口声声说一定会娶她的男人，难道也在等着她提分手？她越想越伤心，觉得自己所有的付出都成了泡影，好像所有的美好全都是假象，有一种从头到脚都被骗的感觉。

另外，她也想把他前女友和他上床的事告诉他前女友的老公，并且他前女友怀孕的时间和跟他上床的时间差不多，她一直在想，这么做会不会太恶毒……

要我说，判断一个男人的好坏，千万不要被别人的说法所迷惑。有的男人对所有人都好，唯独对自己的女人坏；有的男人对所有人都不好，唯独对自己的女人好。我们姑且不说这个男人属于哪种类型，只说他为什么要标榜性与爱分开，当然就是要为自己爱之外的性行为找借口。很多时候，事情的发生并不是没有征兆，只是沉浸在"爱情"中的女人刻意忽视罢了。像他这种喜欢寻求性刺激的男人，还是早分为妙。2015年股市大跌，好多人就是舍不得逃跑，结果被进一步套牢。

男人是很少主动提分手的，他们总是沉默、拖延，试图等你忍受不了，主动提出分手。为什么呢？因为他们自知耽误了女人的青春，但是又不想面对对方的指责，索性采取不作为的态度，让女人来抛弃他们，这样至少女人还能挽回一点面子，不至于恨他恨得太过分。所以当给一个男人分手的信号，他没有马上想办法挽回，多数就是已经放弃了。因为自古都是女人跑男人追，他没有追上来，就已经表明了抛弃而且不想受指责的意图。

至于要不要把他前女友与他上床的事告诉他前女友的老公，我想说：报复永远都是一把双刃剑，如果确定能够保护好自己不受伤，那就去告诉吧。

谁都不是圣人，犯不着被偷了还瞻前顾后、顾及小偷的颜面。要是婚外情都会被曝光，都会被惩治，让这些没有道德的男女都不敢抱侥幸心理，这个世界会太平、干净许多。

Ayawawa
语录

★ 自古都是女人跑男人追，他没有追上来，就已经表明了不想挽回感情的意图。

★ 他提到"逢场作戏"，当然就说明他会"逢场作戏"。事实如何变迁我们不得而知，即使是信誓旦旦的人，以后也不是没有出轨的可能。但一个对于自己目前的感情都无法确信的男人，只能说明他一开始便存了贰心。

娃娃姐，你曾说"提分手"有时是一种有效的后撤，如果男生爱你，一定会选择退让。但怎样才能有技巧地运用这种后撤，既能得到自己想要的，又不至于闹成真分手或伤害两个人的感情呢？

Ayawawa
贴心回复

你所提的要求在现实生活中根本实现不了，因为提分手，一定会伤害两个人的感情。

"提分手"这件事情就好像一次豪赌，要么身价翻倍，要么满盘皆输，表示一个人愿意冒着真分手的风险，来达到他想要的目的，所以让对方感受到你真分手的决心才叫提分手。现在你既想要风险降低，又想要达到目的，神仙也帮不了你。

————————————————————————————————★

出轨篇

海誓山盟背后的陷阱

劈腿男人的常用金句，
你知道吗

一位读者来信，说她跟前男友分手已经八个多月了。他是个非常差劲的男人，比如：不够爱她、不够关心她、脚踏两只船等等。同时她也意识到了自己的一些问题，比如对他太依赖了，在爱情里过分投入，分手后放不开等。最近因为看了我的一些文章，认识到每一段失败的感情双方都是有责任的。为此请我帮忙，分析一下当初他和她错在哪儿了，再遇到这样的情况应该如何面对。

以下是她的三点疑问：

1. 去年暑假他就把空间对我锁上了，我问他为什么，他说他设置了问题却忘了答案是什么了，当时我就没有细究。结果，我们分开后第四天我去求他回来（太丢人了），他让我去他的空间看看。我一看就傻了，空间里有他和一个女生的二百多条对话，内容非常暧昧。他们肯定好了不止四天。是我太天真、太容易相信人吗？如果这件事当初发生在你身上，你会怎么做呢？

2. 刚开始在一起时，他特意要求我们互相交换 QQ 密码。我是个喜欢自由的人，觉得我们应该尊重彼此的空间。他为此还很生气，为了安慰他，我把自己的 QQ 密码给了他，不过我一直坚持尊重对方隐私的原则，而且我还是很信任他的，所以不肯要他的密码。当时，他还很气愤地说出"我对你没有隐私"之类的话。可是事情为什么会演变成后来那样呢？是我太迟钝，还是我真的不会管自己的男友？

3. 去年暑假我们分手过一次，和好后他很激动，给了我一些关于未来的承诺，我当时也被他感动了。可是他又突然来了一句"如果以后你爱上了别人一定要告诉我，不可以骗我"，我答应了。但没过几个月就发生了他背着我和网友好上并最终向我摊牌的事情。现在想来，当初那话是不是就有暗示的成分（推算日期，他们应该是从那时起就认识的，那时他的空间就对我上锁了）？他当时的话到底是什么意思呢？

女孩们一定要记住，倘若你的伴侣突然开始频繁地和别人发短信、聊QQ，改变原来和你相处的行为模式，那就代表他试图对你隐瞒一些事，也代表一定有不好的事情正在发生。想抱着侥幸心理、装作什么都没发生是不可能的，事情一定会向不好的方向转化。这一点男女适用，没有例外。对男人来说，唯一的例外是他发现对方是超级恐龙。

如果你在感情上很依赖对方，那么在没想好的前提下就不要和对方贸然分开，就好比你没想好戒毒就不要去戒，吸毒固然会让你往死亡的大道上奔去，但复吸会让你死得更快一点。当男人对你锁上空间的第一时间，他就已经是吃了秤砣铁了心要和你分手了，你再求他回来，就是纯属自己作践自己。这不是天真，不要用天真为自己粉饰太平，这是傻。他让你去看他空间的留言，就是明摆着在砍你的价，如果你愿意接受这样的条件，你以后就还会面临同样的甚至更苛刻的困境。如果这事发生在我身上，从他锁上空间开始，我就会不再和他有任何联系。

他主动把 QQ 密码给你的这种行为，并不代表有多么爱你，很可能只是他知道自己缺乏自控能力，于是交给你让你监督他。与此类似的还有将QQ、微信个性签名改成"我好爱×××"这种行为（我曾经见过一个男人的 MSN 名称改过二十多次，每次都是不一样的女人名字），很可能他只是在进行自我暗示，并借助外界力量监督自己，而并不代表他有多么爱你，而且恰恰反映了他的心虚。在他威逼你交出你的 QQ 密码的时候，你还应该知道，这是一个极度缺乏安全感、害怕被背叛的人。这种心态可能是因为自己经常被背叛，更可能是因为他自己经常背叛他人。所以，倘若你之前并没有做出什么出轨行为让他怀疑，他突然对你说类似于"如果以后你爱上了别人一定要告诉我，不可以骗我"这样的话，就是在交代自己的罪行（如果你之前曾经出轨被他抓住或者玩暧昧被他抓住不算），也就是说，他想两个都占，但又怕别人也这么对他。

此外，类似的劈腿常用金句还有以下这些：

有理型："如果我要脚踏两只船，还会让你知道吗？"

反诘型："想让我和她好，你就直说。"

安抚型："别瞎想了，我和她之间什么都没有。"

我建议的对策是：对男人充分放任，不时抽查，倘若出现兆头，马上断绝来往。放心吧，一旦你不发一声地和他断交，他自然会认为你更重要。

Ayawawa
语录

★ 倘若你的伴侣突然开始频繁地和别人发短信、聊 QQ，改变原来和你相处的行为模式，那就代表他试图对你隐瞒一些事，也代表一定有不好的事情正在发生。

★ 将 QQ、微信个性签名改成"我好爱×××"这种行为，很可能他只是在进行自我暗示，并借助外界力量监督自己，而并不代表他有多么爱你。

读者吴静燕提问 ————————————————————— ★

我身边一个长得非常好看的女性朋友，谈过两次恋爱都被男友劈腿。平常跟同学聊天的时候，她们也说，长得好看的女生比相貌平平的女生更容易遭遇男友劈腿，这是为什么呢？

Ayawawa
贴心回复

如果你看过我的另一本书《聪明爱》，很容易就会找到答案。美女为什么更容易被男人劈腿？因为美女一般都自信满满，认为没有男人会和她们相处的同时心有旁骛，所以一般而言防范和警戒心都不会那么重，男友劈腿时很容易会被搪塞过去。再者美女大多心高气傲，倘若生气了，一定要等对方放下身段去哄她她才愿意回来，所以如果情人节两边都要约会的事错不开，只要男生故意惹她生气就可以分身赴另一边的约，回头再俯首帖耳做恭维状，她便不会怀疑。相反，条件本身就不太出众的女孩子，反而喜欢无孔不入地缠着男方，让他没有任何花心的时间和精力，而且遇到小问题便马上疑心重重、风声鹤唳，让他连暧昧的机会都没有，也就谈不上去花心劈腿了。

————————————————————————————————— ★

延伸阅读 **如何从对方面对质疑的态度上看出他是劈腿男还是专情男**

在面对劈腿质疑时，劈腿男和专情男的反应一般是有很大不同的。

劈腿男常用的反劈腿方式有反咬一口法、装作委屈法、宣告满足法、以退为进法、假装玩笑法、顾左右而言他法。而且，劈腿男在面对这样的

质疑时，多数会强调是你的问题：

"你们女人就是喜欢胡思乱想。"

"你有点多疑。"

"你想多了。"

"有些事情，你担心也没用。"

"你不会怀疑我脚踏两只船吧？"

"别犯病了！"

"你有时真的太敏感了，这样不好！你一定要记住，你在我心里的位置是谁也不能取代的！不管你信不信。"

而没有劈腿的专情男会直接说清自己：

"我没有。"

"请相信我！"

"我跟她之间没有私人联系。"

"我用生命担保我没这样。"

"我没有，我真的没有。"

"我爱你，我只爱你！"

"请相信我！"

"我不是一个三心二意的人。"

"我对她没兴趣。"

劈腿男会试图强调自己无法劈腿的客观条件：

"就算我想做，我有这贼心也没贼胆啊，家里有只母老虎呢。"

"我这么懒的一个人，你就别指望我花心思去泡别的姑娘了，就算有那心思我也没那精力啊。"

没有劈腿的专情男会强调自己不愿劈腿的主观情绪：

"我只是把她当妹妹看，不信你可以打电话问她。"

"我是一个绝对不会同时和两个女生谈感情的人，那样我会对不起自己的良心的。"

"她怎么能和你比，我眼光有那么差吗？！"

"我没有做过，别诬赖我。"

两者最大的不同在于，劈腿者会采取听之任之的态度，试图把问题引向女孩自身，试图让女方内疚，有时甚至会反咬：

"随便你怎么想，反正我没有做对不起你的事情。"

"你要想逼我跟她好，你直说。"

"我所有的时间都和你在一起呢。"

"我对你怎么样，你自己心里清楚！"

"难道你不相信我的为人和作风？亏得我那么爱你，你太让我失望了！""我每天早出晚归，辛苦地工作，就是为了赚钱，想给你提高生活质量，过上好日子。我平时那么忙，哪里有时间去找别的女人？"

但几乎所有的专情男都会试图解决问题，为自己找回清白——注意，这是任何劈腿男都不会去做的事！

"我们只是普通朋友，要不改天一起吃个饭？"

"没有什么啊，改天可以一起约出来吃饭介绍给你认识啊。"

"手机、邮箱随便你看。"

"你可以每天跟着我。"

"到底是什么事情让你有这种想法，能不能说给我听？"

"行吧行吧，你说说都谁和哪儿让你这么怀疑了，我估计你忍很久了，咱们一个个消灭，不过这次都弄清楚以后，不要这么不自信了啊。"

"本来我是比较喜欢彼此有一些个人空间的，既然它让你这么没安全感，我特许你从今天起消灭掉我一段时间的个人空间。希望你看到我的努力后也能做一点努力把这些空间还给我哦。"

"你要我怎样才肯相信我啊？"

"如果你想找证据，有什么需要我配合的说一声。"

"这样吧，你尽量来黏我，也可以再附加任何需要我配合的要求，到我没空理别人的地步，看我有没有别的异象？这样如果有劈腿就处理不过来了吧？"

两者都会说的，不能用于辨认劈腿与否的话有以下一些：

"难道你不相信我的为人和作风？"

"我的人品你还怀疑？我是做那种事情的人吗？"

"我每天都和你在一起，哪有时间劈腿？"

注 请姑娘们在感觉男友劈腿时暗暗观察和比对，切忌拿这本书去当面审问他，以免对方做出针对性的变化。

前几天，朋友的妹妹小丽遭遇了感情困境向我求助：她从中学时期就开始喜欢小强，他聪明帅气，性格、能力也不错，但因为种种原因两人当时没能在一起，等到两人都步入社会后，才有机会再续前缘。小丽知道在此之前，小强有过一夜情和找小姐的经历，但她觉得这些都属于他的过去，她能包容和接受。令小丽万万没想到而且难以接受的是，他们在一起之后，小强竟然还撩拨她的闺密……于是她痛苦地选择逃避，离开了两人所在的城市。但是小强一直苦苦挽留，并宣称自己会洗心革面，还要来小丽的新城市追随她……于是小丽开始心软和犹豫，她问我："我还能不能和他在一起呢？"

我听完沉默了稍许，还是坚决地告诉她："不能。"

小丽痛苦纠结地问："我真的很爱他，他也悔过自新了，为什么不能继续在一起呢？"

于是我只能继续给她残忍但真实的答案："如果你们还在一起的话，男方早晚会再次背叛你。"

从整个庞大的生物界看来，在求偶期间，雄性主动方的最佳表现应该是两者毕生关系的上限了。且统计结果表明：恋爱期间，劈腿的男性约占四分之一，婚内出轨的男性却有接近一半。我们都知道，恋爱的时间只有短短几年，而常规的婚姻往往长达五十年以上。所以，如果他在短暂且最需要卖力表现的恋爱求偶期内都表现欠佳，你就不要寄希望于他能在漫长而平淡的婚姻期内能表现良好了。就像一个人如果连小学数学题都不会做，你就不要盲目乐观地相信他能搞定微积分了。当然，这并不是说一个人会解小学数学题，就意味着他数学很好——即使他在恋爱期间不出轨，婚后也依然有抵制不住诱惑的可能。

每段两性关系都有着自己独一无二的相处模式——同样是小强，他和别的女人在一起可能就不会出轨；同样是小丽，别的男人和她在一起可能也不会出轨。而之所以现在小强出轨，说明在和小丽的这段关系里，他得不到完全的满足，这就意味着他会通过反复接触其他异性来找补，包括接触前女友、出轨、与其他人暧昧等方式。在小强的潜意识里，已经建立起以出轨来维系当前关系的意识模式，因此这段感情是极其不健康的。它就像一个孕育中的天生存在缺陷的胎儿，小丽最需要做的就是当下止损，不要让这个胎儿继续发育、生长（恋爱），因为等到他呱呱落地（结婚）时，只会给小丽带来更巨大、更漫长、更痛苦的折磨。

我们可以试想：果子刚上市最新鲜的时候一斤都卖不了 20 元，难道还指望等收摊干瘪时能卖 20 元？同理，在你最年轻貌美的黄金期时都对你不满意的人，当你变成黄脸婆之后，他就更不可能对你满意了。所以简而言之，但凡在恋爱期出轨的男性，你一定不能考虑让他成为你的丈夫。

听完我的分析之后，小丽好像已经明白了，也有了分手的打算，但是她又问我："在什么时候选择和他分开好呢？因为现在正是他最需要我的时候，我不忍心离开……"

对于这样的问题，我这里也有一个通用的答案：

在两相权衡时，做什么事情会让你觉得不忍心、觉得自己不善良、觉得自己是个冷血的坏女人，你就应该依照这个方向去做。

因为一段两性关系中如果存在背叛，就意味着它不可能实现双赢。

换言之，它很可能并不是一段牢固而长久的关系。在这样的非长期关系里，男女的各自利益重于共同利益，竞争多于合作。因此你的合作、容忍与退让，并不能帮你实现所想、维系关系，反之很可能使你的感情成为对方发泄的窗口，使你的青春成为对方的消遣。阿克塞尔罗德模型的实验结果也证实了这一点：当遇到狡猾的程序时，忠心不贰的合作态度更容易遭遇背叛，导致颗粒无收；所以你更应该采取"一报还一报"的模式来报复和还击对方。

在对方背叛你的时候，你不如也做一个自私的人，而内心不自私的那部分，就留给真心对你、给你长期承诺的男人，留给你的父母和未来的孩子吧。如果对待背叛你的人，你依旧选择宽容，那只能说明你在试图高攀对方，或者试图获取自己不该得到的东西（比如至高无上圣母范儿的快感，或者男方感激涕零的跪舔）；而这一切，都无法为你带来一段稳定而长久的关系，最后只能落得人心两失，或是白白浪费了青春，或是陷入无休止的悲剧。

Ayawawa
语录

★ 从整个庞大的生物界看来，在求偶期间，雄性主动方的最佳表现应该是两者毕生关系的上限了。

★ 但凡在恋爱期出轨的男性，你一定不能考虑让他成为你的丈夫。

小莲进新公司没几个月，她上司的上司，也就是集团的副总，喊她去他办公室，要了她的 QQ 和微信号，说是公司员工都有他的联系方式，以便日后沟通工作。另外还询问她是否有男友、打算何时结婚等等。小莲有些敏感，隐隐嗅出了对方的某些意图，为了省去不必要的麻烦，她坚定地告诉对方自己已经有男朋友了，但结婚可能没那么快（其实她是单身，25 岁）。

他虽然总拿工作当幌子，却很少正面和她聊工作，总聊一些兴趣爱好和他过去的工作等等。几次聊天下来，小莲觉得他人还不错，很直爽，对她也很照顾。他告诉小莲，自己现在最大的业余休闲就是看碟、打游戏，问她是否可以去他家陪他打游戏（他老家在江苏，为方便工作在公司附近租了一套单身公寓）。当时，小莲以孤男寡女共处一室不妥和同男朋友有约为由拒绝了他。他虽然没说什么，但一再表示也没什么不妥，不会有人知道，而且他也没有什么不良企图。

出于自我保护，小莲还是拒绝了。从那之后，他找过各种理由约她，被小莲接连拒绝之后，他终于恼羞成怒了，觉得小莲特别不给他面子。小莲想，他只是请我吃顿饭，还是我的领导，如果自己一直摆着高姿态是不是太不识趣了？就答应了他的一次邀约。

那天晚上，她得了重感冒，一起吃饭时他对她特别照顾，绅士的表现让她对他的印象大为改观。之后他又三番五次地约她，她依旧推托。终于有一天，他发了脾气，把她拉进了黑名单。他的做法让她觉得有些失落，而且无意中还得知了他确实未婚的事实，也从侧面了解了一些关于他的事情，对自己当初对他的冷酷颇为懊恼。又过了一段时间，集团开会，无聊之中他给她发了短信。他们的关系又缓和了下来。

当他再一次约她晚上见面时，小莲没有拒绝。晚上在他的住所，他们有了第一次关系。之后，她跟他说自己跟男朋友已经分手了，他没正面回应，而是反问她是不是喜欢他，为了防止他过于骄傲，她回答不知道。

在一起时他对她很温柔，但是分开后他就很少主动联系她，偶尔在QQ上和她说几句，也不像从前那样话多了。小莲很失望，有了深深的挫败感，觉得自己不被他重视和关心，和他就像是在玩地下情。有时候忍不住，她会主动给他发消息，他会及时回复，但也是少得可怜的几个字。在他们发生第三次关系以后，有一次小莲在QQ上和他说自己今年会去江苏过年，他问是去他家过年？小莲回复说是去外公家，他接了句："看来你要嫁回无锡了。"小莲听了特别开心，觉得这是对方在许她未来。

就在她认定他将成为自己男友的时候，偶然听说了他其实有女朋友，而且对方是他们部门的总经理，也是他的好友。她当时很诧异，也很难受，晚上给他发了消息说知道了他有女朋友的事，但是无法越过自尊的障碍包容谎言。她非常讨厌伪单身和隐婚族，所以如果他有，那么私底下就不要见面了，这是她对自己的爱护，也是对另一个女人的尊重。过了许久，他回复了她："有时候需要设定一个女朋友，否则麻烦很多。"

像小莲这种，觉得自己对对方还有一些感情，但又不能把性与爱分开的女性，面对这种感情问题一定是烦恼不已的。因为有一种男人，他们可能确实未婚，看起来你还有公平竞争的可能，实际上他们的女友和他们的关系已经深入骨髓，牢不可分，只差一纸婚书，他们结婚是迟早的事。即使你比他的女友优秀万倍，也不太可能在这样的竞争中胜出。

这类男人未必深爱他们的女友，但是可能亏欠她许多，或者习惯她的存在，甚至必须仰仗她活着，还可能有着家族之间的联姻婚约，这样的女朋友其实和妻子没有什么两样。即使你和这样的男人最终走到了一起，也不太可能过安生日子。

我的一个朋友25岁，喜欢上一个大她14岁的男人。这个男人一切都好，唯独有一个以前交往长达十年的女友。此女离异无子，基于当初她的背叛和她的婚史，他已经不可能同她复合，一直在准备开始新的生活。但是，他的所有亲戚都认识她，都把她看作家人，连他的房子都是用她的名字买的，他早就把和她的联系视为理所当然。而她呢，对他和他的家人一切都好，唯独对我朋友横挑鼻子竖挑眼，动辄给她打电话，以一个前辈的身份对她指指点点。而他似乎熟视无睹，因为他已经习惯了有这个前女友的生活，根本未曾想过改变——即使有了新女友也一样。试想，我朋友得多委屈，才能屈就于这段情感。就算日后结了婚，日子又会好过到哪里去？

所以，在他向所有人公开你是他女朋友之前，不要相信他说的任何一句话。如果他需要女朋友的设定，而且把你当成唯一，那应该现在就把你扶正。总不能行着男女朋友之实，却无男女朋友之名吧？当然，很可能他是不会答应的，即使你威胁他说不公开就分手，他也是不会答应的。所以我想，最好是承认自己已经被人骗了，以后再也不要和这样的男人私下见面、约会了，不然只怕对方正主找上门来，你才知道自己其实是在犯傻。

男人有时会拿一些话撩拨你，但是这类模棱两可的话，只要不是"请嫁给我吧"，你都可以当作没听到。真正要许诺你未来的男人，不会那么畏首畏尾。

Ayawawa
语录

★ 有一种男人，他们可能确实未婚，看起来你还有公平竞争的可能，实际上他们的女友和他们的关系已经深入骨髓，牢不可分，只差一纸婚书，他们结婚是迟早的事。即使你比他的女友优秀万倍，也不太可能在这样的竞争中胜出。

★ 男人有时会拿一些话撩拨你，但是这类模棱两可的话，只要不是"请嫁给我吧"，你都可以当作没听到。真正要许你未来的男人，不会那么畏首畏尾的。

延伸
阅读 ## 男人的"没事撩一下"法则

对于目前暂时没有泡到手但又有兴趣的女人，男人一般都会经常或偶尔联系一下，但不会表现得很专注。所以不要再问"某个男人条件不错，偶尔他会叫我出去吃饭，但什么也不说，不像要追求我的样子，这是为什么"这样的傻问题了，他们只是想要看看有没有机会放倒你。

一般来说，这类男人很少会选择打电话的方式，而通常采用发短信、微信或者QQ消息来联系女生。为了接近对方，他们会尝试以下理由和借口：

1.最近都在忙啥，明天有空吗（什么时候有空）？好久不见，一起出来吃个饭吧。

2.你平时都有哪些兴趣爱好，改天我请你一起去玩吧。

3.我和朋友在周末办个派对，你有朋友的话邀请一起过来。

4.我朋友去美国了，我给他看两天房子，正在这儿研究如何做一顿晚饭。

5.最近好吗？

6. 烦！（或其他突然表现情绪上的波动等象征要开始倾诉的话语）

……

这些男人会间断性地给女生发短信，问候＋关心，但不主动谈论感情。所以，不要奇怪某男为什么时不时在微信或 QQ 上跟你聊几句，时不时看看你的空间，时不时叫你出去是啥意思了。这就是著名的"没事撩一下"法则。

发现老公找小姐之后，
聪明女孩这样做

上个星期日午饭后，Yumi 在家拖地，由着老公带着儿子到楼下小区里玩耍。

这个正常的周末，谁也想不到会有不好的事情发生。

老公手机响时，提示有短信息。Yumi 想都没想就拿起来看，这么多年的夫妻了，他们之间基本上没什么秘密可言，彼此交往的人都非常熟悉，经常互看短信的。

短信来自一个没被储存过的陌生号码，打开后，写着："× 哥，你好，几天不跟我联系了，怎么样？始终记得那一晚，你对我的好。你说过还会来看我，什么时候来呢？" Yumi 看后，只觉得血直往头上涌，在迅速判断了他们可能的关系后，她立刻用老公的手机回拨过去，是一个很年轻的女孩子的声音。Yumi 问："你是谁？"对方愣了一下，立刻很警惕地反问："你是谁？这不是 × 的手机吗？"当听到是 × 老婆打的电话时，她明显慌了起来，支支吾吾地说了句："不好意思，我发错了。"然后就挂了电话，再拨，关机。

Yumi 拿着老公的手机呆坐在沙发上，努力去猜想到底发生了什么事情，老公出轨了？在外面有小三了？听声音那女的还挺年轻，二十岁出头的样子，带点地方口音。想到她的口音，Yumi 立刻用座机再拨这个号码，果然，是个外地手机号。老公居然搞了个外地女孩，这么说，是网恋？看她的短信，他们见过面、上过床。这是什么时候的事呢？Yumi 想，最近一段时间老公没出过城啊。

正在胡思乱想的时候，老公带着儿子回来了。看到她脸色阴沉地坐在沙发上，手里拿着他的手机，他的脸一下就白了。他让儿子先去书房玩电脑，然后就坐到 Yumi 的对面。Yumi 把手机扔给他，他看了以后就全招了。

事情发生在几个月前，他同寝室的一个研究生哥们儿结婚，邀请他们两口子去扬州参加婚礼。Yumi 因为之前已经跟父母约好开车去杭州玩，所以就让她老公一个人去了。据她老公讲，当天婚宴吃到很晚，他们全寝室的人都去了，大家喝了很多。深夜闹完洞房后，他们其中一个同学提议去洗澡，享受一下扬州著名的"水包皮"夜生活。他们找的洗澡的地方是那种带荤的，然后他就半推半就地被小姐给"做"了。"主要是当时喝多了，不知道自己在干什么。"他解释说。

Yumi 讽刺他："你还给小姐留电话，还经常短信联系？还相约再见？她还忘不了你的好！看来你们是有感情了啊。"他解释，当时就是一时糊涂，跟她聊了聊天，觉得她们也蛮可怜的，就留了电话，回来后发了几次短信，越想越不对，就删除了，但是没想到她还会发短信来。他一副认罪态度良好的样子，说他自己做了错事，随便 Yumi 处置，只希望她能念在他一时糊涂的份儿上原谅他，给他一次机会。

Yumi 其实之前也想过老公会出轨，想过他们会离婚，想过他会爱另一个女人超过爱她，但她从来没想过他会找小姐——这么糟蹋自己的事情。她原来一直以为老公是个有感情洁癖的人，没有感情不会轻易跟一个女人上床，更何况是跟一只"鸡"上床。如果是正儿八经的小三，她还可以选择捍卫或者放弃，可是对一个小姐，她只觉得恶心，完全想不出应该怎么办。

其实 Yumi 这个事情可以看成她老公长了一个毒疮，即便这个毒疮是他自愿长的，但传染给了她。现在毒疮已经长了，虽然让她觉得恶心，但总得想办法先治疗再说吧。

首先，事情发生了就得深挖一下根源。说实话，在那种男人成群，而且很多烂人在里面一直瞎起哄的时候，大多数人是没有什么定力的。以前有科学家做过实验，用明显长度不等的线段来测试一些大学生，虽然他们在单独作答时正确率高达99%，可一旦身处群体之中，居然有37%的人跟从了错误答案。最关键的信息在于，很多盲从错误的人在更改决定时，表现出身处压力的情绪。很明显，是群体压力促成了这种盲从行为，这就是所谓的"规范影响"。

从心理学上来看，群体成员的行为通常具有跟从群体的倾向。当他发现自己的行为和意见与群体不一致，或与群体中大多数人有分歧时，会感受到一种压力，这促使他趋向于与群体一致的现象，叫作"从众行为"。一些成员甚至会违心地产生与自己意愿相反的行为。

如果Yumi的老公说的是真的，我倒觉得可以看他之后的表现，来决定以后跟他如何相处下去。

至于同情小姐，和小姐相互发消息这种事情，也可以理解为他的男性激素作祟，这是可以通过洗脑的方式来加以改进的。我觉得女生完全没必要将小姐看得过于卑贱，虽然这样有助于在心理上蔑视男人和整个事件，将他一棍子打翻，但倘若以后还要跟他相处下去，女生需要将小姐看成一个普通的甚至有些可怜的为了金钱出卖自己的女性，而并不仅仅是金钱交换来的肉体，这样比较有助于心情的平复和日后跟老公之间的相处。有些时候，女性出卖自己的色相并非她们真想如此，只是意志力比较薄弱，虚荣心强，又刚好具有一些先天的姿色优势，难免被人乘虚而入，甚至被对方设法拖下水。

所以要处理这件事，有一个最简单的办法：他不是说要一次机会吗？如果决定给他这次机会，那就请他交出经济大权，写下保证书并公证，再发生类似的事情就彻底净身出户，并支付女方和孩子二十年的赡养费。如果决定不原谅他，那就赶快去法院吧。千万不要轻易原谅了他，然后每次想起来就伤心或者气愤一番，这样对谁都没好处。

女生要记住，在这种情况下你做的任何选择，不是为了他或者孩子好，而是为了你自己好！即使看起来是为了维持完整的家庭或者为了孩子的成长，也不外乎是因为家庭完整了，孩子成长好了，你才觉得舒坦，所以归根结底还是为了自己好。

Ayawawa
语录

★ 老公出轨，千万不要轻易原谅了他，然后每次想起来就伤心或者气愤一番，这样对谁都没好处。

★ 女生不管在什么情况下做的选择，都是为了自己好，千万不要以为是为了家庭和孩子而对他们心存怨气。

技术高明的出轨男，明知道错在自己，却总能找到各种理由和借口为自己开脱。有些人甚至会反咬一口，将责任推到女生身上。

霍霍跟老公是同甘共苦过来的，是她排除万难地帮助他、陪伴他，天真地觉得自己的陪伴可以让他从逆境中站起来，另外，同甘共苦的感情会更坚实可靠。

自从霍霍发现他沉迷于网聊和与有机会暧昧的所有女人不清不楚地联络后，两个人就经常吵架，而且每次都是霍霍妥协，因为他在压力中情绪难以控制，霍霍总担心他会崩溃，以为他在事业慢慢顺利起来以后，就不用那样发泄了，所以她一次次地妥协，希望息事宁人。

他平时对霍霍还是不错的，在朋友中人缘也很好。他曾经说过，因为投资失败压力很大，把人弄得很焦躁，自己也希望能慢慢地好起来，霍霍一直都抱着这个希望。

到现在两年多了，他们刚领证，但还没有办婚礼，似乎他那方面的问题从未解决。霍霍又发现每当他或者她出差的时候，他真的会去找小姐，而且还会跟她们保持电话联系。这是让霍霍很崩溃的事情，她觉得自己很难再信任他了，婚姻以及自己对这份感情的看重都变得无意义了。

然后，她跟他摊牌了，他却并没有出轨被发现后的愧疚，也没有想要她原谅的样子，却好似她太不懂事。他们的谈话中明确了几件事情：

1.他是爱霍霍的，想跟她过一辈子，他对老婆和孩子都会好；

2.男人出去找女人是正常的事情，世界上没有男人有机会却不去找小姐的，而他认为自己已经比很多男人做得好多了；

3.他认为霍霍对男人的要求太完美了（就是忠诚），她要的伴侣是找不到的，而他也说交往不久后发现霍霍并不适合他，她更适合找非常老实的人，可是每次吵架后两人都没有坚决地决断；

4.他觉得他更适合一个人生活，但是跟霍霍在一起也很开心，如果能够好好地过日子，还是能够一起生活一辈子的；

5.他说霍霍很单纯、很好，但是对于怎么跟男人相处不太懂，如果她去问其他女性朋友，就会知道他是对的，她原来的认知是有问题的；

6.和她在一起，他觉得压力很大，这是他们两人在身体上不和谐的主要原因，另一个原因是虽然他自己身体差，补起来以后会好一些，但是对于跟她一起他有压力、没感觉，这个只能慢慢来，对于霍霍提议一起去看心理医生，他没有认同。

明白了他对自己重视的东西是如此无所谓的态度以后，霍霍觉得他变得陌生起来，在精神世界里他跟她很不一样，而他说的那些都在颠覆她原来的价值观、生活观。她对男人的世界确实不是很了解，可是她也谈过恋爱，身边朋友也有幸福地过着小日子的，虽然确实没有跟她们讨论性方面的问题，可是原来的她就真的单纯到不适合在现实世界里得到幸福的家庭吗？

谈过以后，他还是可以平静地跟霍霍过日子，只要她不提。可是她对他的不信任让她没办法妥协，觉得自己好像是一个悲惨的故事，她无法跟他轻松快乐地说话，而他所说的男人的世界，让她陷入了怀疑自己的旋涡，甚至让她分不清对错！

在这个世界上，每个人都有自己的世界观，有自己的认知。男人关于出轨的一切辩解，都是基于他自己的出发点考虑而得出的结论。站在他的立场上，也许他是没错的，但是换位思考一下，即使是小偷、妓女、贪官，也有一万种理由为自己强辩清白，更何况一个出轨的男人呢？

小偷被抓的时候，总是说自己身无分文、可怜万分；妓女遭遇扫黄的时候，总是说自己因为家境贫寒被人欺骗沦落至此；贪官被捕的时候，总是说自己也是大势所趋、迫不得已。其实身无分文的人很多，未见得人人去偷；贫寒被欺骗的人也很多，未见得人人都去做妓女；同流合污的人很多，但世界上始终还存在着廉洁、正直、出淤泥而不染的人。霍霍的老公，也就是一个偷情的"小偷"，出卖人格的"妓女"，索取无度的"官员"。他和他们的共同点就在于：缺乏正直的品行，内心软弱而自卑，为了满足自己的原始欲望，不惜以伤害他人和危害社会公德为代价。他的人格是低下的，行为是龌龊的，目的是肮脏的。这样的人为了洗脱自己的罪名，势必要将白的说成黑的，将一个黑暗的世界强加给自己的老婆，才能让自己显得不那么突兀、丑陋和恶心。当然，他确实比很多男人做得好多了，那些强奸、杀人放火的，可不比他做得还差吗？问题是，你是否能和这样的人共度一生呢？

一起排除万难、同甘共苦，并不能成为一个男人对女人忠心耿耿的理由。而且完全可能因为你见过他最艰难、困顿的样子，他在你面前没有神秘感，没有尊严，没有伟岸的感觉，所以他更加不愿意和你在一起。即使没有这么极端，也完全可能因为自卑在漫长的日子中渐渐扭曲成了咬牙切齿要出人头地的欲望和一颗贪婪无度的心，在阴暗曾经长期占据的角落，真情的阳光往往敌不过势利的霉菌。最终摆脱这样的困顿生活之后，有的男人会恨不得脱离过去的一切，加上欠妻子太多情意，还不如索性破罐子破摔翻脸不认人，免得需要用心血去偿还。

这样的男人，只能说他不爱你。如果他爱你，他会愿意将世界上的一切美好呈现给你，包括一个光明磊落的自己，而不是肆无忌惮地在你面前展示自己的丑陋、描绘阴暗的画卷，根本不害怕、不在意你会因此而伤心和失望。女人即使是水做的，也不要将自己装在"杯具"里面。好吗？

Ayawawa
语录

★ 每个人都有自己的世界观，有自己的认知。男人关于出轨的一切辩解，都是基于他自己的出发点考虑而得出的结论。站在他的立场上，也许他是没错的，但是换位思考一下，即使是小偷、妓女、贪官，也有一万种理由为自己强辩清白，更何况一个出轨的男人呢？

★ 如果一个男人爱你，他会愿意将世界上的一切美好呈现给你，包括一个光明磊落的自己。

延伸阅读 如何预防老公婚内出轨

MV 高 PU 低。

在回答你的问题之前，我们先想一下男人为什么要结婚。

因为男人要传递自己的基因，所以要找一个女人为他繁衍后代。

那么男人为什么要传递自己的基因？

其实，并不是男人想传递，而是他的基因在操纵他。就好比，一流学府的学生，并不见得想考试。但待在一流学府里的学生，一定是考试高手，一定能成功地通过无数次的考试而脱颖而出。如果想继续深造，他们还得继续考试，让他们再去参加形式类似的考试，也不会考得太差。

传递基因也是同一回事。一个男性，并不见得他想传递自己的基因，但他体内的基因是无数次传递了基因的高手留下的，大多数情况下，基因也会继续操纵这个男性通过繁衍把基因传递下去。所以说，不是男人有传递基因的自我意识，而是他体内有着繁衍的使命，要求他去寻找一个适合繁衍并且能够成功繁衍的对象，也就是伴侣价值高的对象。

男人要求女人年纪合适、条件优秀，这里说的就是女人的伴侣价值（mate value，以下简称MV），从本质上来讲，MV就是指生育力和生殖值。而女性的身材和容貌都是生育力和生殖值的重要线索或指标，所以男人总是喜欢美女、追求美女。在女性MV相当的情况下，男人为了保障自己的血脉，就更希望有一个PU低的女人来为他繁衍后代。

那PU的高低应该怎么衡量呢？如果一个女人温柔体贴、善解人意、一心一意地肯定男人，甚至崇拜他、以他为荣，那么男人就会认为这个女人的PU低，就会选择她，并对她及她的后代进行亲职投资。

当然，如果一个女人的MV非常高，有天使面孔和魔鬼身材，但是她强势任性、脾气暴躁、怨气十足，且可能与其他异性暧昧不清，男人也还是愿意和她结合并繁衍后代的。但是为了避免"喜当爹"，他可能会出轨去找其他女人（比如嫖妓），多给自己一些传播基因的机会，以确保自己的基因成功传递。

然而，在当今社会，法律规定了一夫一妻的对偶制，男人只能有一个配偶，所以男人会更加慎重地选择配偶以及进行亲职投资。

我们把维持一段稳定的两性关系看作一个数值，以字母 μ 来表示，μ 越大，则关系越融洽、越幸福，男人投入的亲职投资越多；μ 越小，则可能导致分手、离婚、男人出轨、女人成为单亲妈妈。

影响 μ 的两个要素就是MV和PU，这个公式就是 $\mu = MV/PU$，μ 值存在以下四种情况：

1.PU 高、MV 高：这种情况下，女人的 MV 必须很高，才能保持 μ 值在及格线以上。也就是说，男人可能会找 MV 很低、PU 也较低的异性出轨，比如小保姆，但是不会离婚，并且仍然对女方进行部分亲职投资；或者干脆对其他女性采取短期择偶策略（以下简称短择），但他会宣称自己爱女方爱得死去活来，只是不能给她婚姻。

2.PU 高、MV 低：很遗憾地告诉你，如果你属于这类女性，遇到短择的可能性非常高。

3.PU 低、MV 低：结果类似第一种，男人可能会出轨，但是不会离婚，净身出户也常会出现在此种情况中。这种情况下男人的出轨对象的 MV 值相对较高，PU 也较高，而男人嫖娼也一般在这种情况下发生。如果是短择，那么男人会对女方有愧疚感，也会对女方的孩子负责。

4.PU 低、MV 高：μ 值达到最大化，此时两性关系最稳定也最融洽，这是最理想的一种情况。这个时候男人会采取长择、对偶制。

值得注意的是，女人的 MV 能一直保持在比较高的水平上吗？答案是不能。

虽然很多女性时尚杂志总会宣扬女人年纪大了依旧美丽，会散发出成熟、优雅的韵味等，但是很遗憾，MV 是由异性定夺的。大多数时候，随着年龄的增长，女人的生殖潜力会下降，MV 必然下降——身材走样、容貌衰老，这是不争的事实。

即使一个女人三四十岁了仍然努力保持姣好的容颜和曼妙的身段，但是她始终抵不过一个 20 岁的青春美少女，所以才会有那个笑话，女人在不同年龄段对男人的要求都会相应调整，但是男人无论多大年龄，都只喜欢 20 多岁的漂亮女人。不然女人为什么要怕老呢？

当然，除去年龄、容貌和身材，MV 还和其他一些因素有关，比如说善良、诚实、智力、幽默感、稳定的性格等。但后面这些一般都是比较稳定而且不太容易改变的特性，而前者一般会随着年龄增长而变得很难维持。

从本质上来说，20多岁的女人就意味着高生殖值和高生育力，这体现了女人最根本也是最重要的价值——生育价值。然而男人不同，男人除了具备生育价值，同时还具备养育价值。随着年龄的增长，女人的生育价值降低，但是男人因为对物质资源的占有和积累不断增多，即财富不断增多，其养育价值会不断增高。

所以说，在女人的MV注定不断走低的情况下，始终保持低PU，才是唯一一条可以和伴侣"执子之手、与子偕老"的最稳固有效的方法。

（《完美关系的秘密》P37 杨冰阳）

女人孕期出轨的男人，能要吗

结婚前一个月的某天，戴洁的男朋友接到朋友的电话后，说要出去会哥们儿，算是婚前单身派对，不能带家属。OK，放行了。戴洁应该算是个开明的女人，一直觉得男人不应该管得太紧，他们的聚会需要她时她露面参加，不需要时她就自娱自乐。从高中同学到大学恋爱，他们认识十年，戴洁自认为很了解男友，喜欢呼朋唤友，喜欢凑热闹。主要是，他很自觉，每次单独出去玩都会在夜里一点前回家，没有夜不归宿的不良记录，所以基本还算让人放心。

一个人在家，看着他未关的电脑，她走过去想顺手关机的一刹那，看到一个头像在闪动，问："怎么还没出来？"是个女人。戴洁敏感地回复"马上"之后，就把男友的头像调成了隐身，然后看起了他们的聊天记录。

他们的对话居然比她和男友刚开始热恋时还要肉麻，有无数个"宝贝"和"亲爱的"，有无数个"我想你"和"我爱你"。戴洁一下子就傻了，原来自己如此期待的婚礼却让两个"相爱"的人深深无奈，并抱怨没有在对的时间遇见对的人，原来他所谓的婚前单身派对，只是要和另外一个女人去约会。

他们的聊天记录犹如当头棒喝，将她的心敲得粉碎。她这才恍然大悟，他在三个月前开始频繁地加班应该都是和那个女人在一起，而她的信任成为他们约会的温床。

那天他回来已是凌晨三点，戴洁没吵也没闹，只是肿如蟠桃的眼睛和恍惚的表情让他一下就慌了神。他抱着她，不停地解释他和那个女孩只是纯粹地在

"恋爱"，身体并没有出轨，也一再跟她保证他最爱且不能离开的人一直是她，他再也不会和那个女孩有任何瓜葛。念在他们认识十年、谈了六年感情的分儿上，戴洁原谅了他。当时的想法很简单——人总会有些花心的小错误，而他保证不再犯，何况酒席已经订好，喜帖也早就派送到亲戚朋友手里，临阵取消婚礼不仅让父母们没面子，还让大家看笑话。最主要的应该是她还爱他吧，虽然认识了有十年，但她依然很爱他，不能想象失去他的生活会是怎样。

虽然决定原谅他，但她依然两个星期没心情好好吃饭，一下子瘦了十斤。她不曾和任何人提起这件事，父母和朋友只当她是为了婚礼而减肥。这之后的半年，他的表现一直很好，她慢慢有些释怀。

两个月前他换了个部门，偶尔会出差，她心里隐约有些不安。上周末他说去杭州培训，七点多接到他的电话说已经回上海了，准备送同事回公司再一起吃个饭，会晚点回来。吃完晚饭不一会儿，又接到他的电话，接听后却没声音，准备挂的时候戴洁听到了他和一个女人在一起。她没挂电话，一直听，虽然有点吵，但是从两人的聊天中能听出他们在商量去哪里吃晚饭，口气分明是一对正在热恋的情侣。听他叫了那个女孩子的名字，应该还是结婚前的那位。

大概 15 分钟后，戴洁的手机没电了，电话断了。戴洁缓过神来，感觉整个人从头顶到脚底都是凉的。这次，没有了第一次的伤心欲绝，似乎一切都在她的预料之中，可心痛依然在所难免。她感觉这个世界太荒谬了，上次他出轨她若毅然离开还能无牵无挂，可这次，她肚子里还有六个月的宝宝！

男人的承诺难道真的那么不值钱吗？十年的感情终究比不过外面几个月的激情？戴洁不知道，如果她摊牌，他还会不会对她和宝宝不离不弃，跟那个女人做彻底的了断。

遇到这样的事，我只能建议，摊牌吧，赶快摊牌吧，能够有个保证，能够让他们了断一段时间总归是好事。不过，对于结果我觉得一定不能太想当然，他第一次出轨虽然保证以后会对女友不离不弃，但是第二次摊牌，却难保他一定会选择妻子和孩子。人心隔肚皮，赶快去要一个答案，来决定是否要处理掉孩子。需要说明的是，我是很反对堕胎的。但是在女人怀孕这种非常时期，不能体谅女人的辛苦还出去乱花的男人，实在是一条劣根。生了他的孩子，只能让你进一步被套牢。

男人要是不厚道，总是在快要失去你的时候临时抱佛脚；能够吃定你的时候，就肆无忌惮地出去乱花，那么一旦生完孩子过完哺乳期，他仗着女人已无路可走，就更会光明正大地与其他女人双宿双飞了。最可怕的是，万一另一个女人也怀孕了，该怎么办？

不要拿十年的感情和外面几个月的感情比，越这么比，你会越伤心。男人当时用于比较的，只是那一瞬间的两个女人，要他单纯因为十年的感情积累而不追求瞬间的激情，就好比要瘾君子为了十年后不得肺癌而忍住面前唾手可得的香烟一样，对没什么自制力的人来说，几乎是不可能做到的。这是人性的弱点，大可不必老纠结在这个问题上。

回过头来说，女人不舍得对自己残忍，当然就轮到别人来对你残忍。要是一直都乖乖地待着，摆出一副被吃定的样子，他婚前出轨你也不严抓严打，没有接受莫大惩罚、没有得到足够的教训的他，当然还会故态复萌。当然，未必所有的男人都会那么残忍，但万事开头难，他已经开了这个头又得到过原谅，很难忍住下次不犯。

男人的诺言未必不可信，但对曾经已经在你这儿失去过信用的男人许下的诺言，一定要谨慎。如果你选择原谅他，务必先狠狠地惩罚他。找个持续时间短、强度大的惩罚，最起码要让自己心里舒服，女人气不顺容易得乳腺小叶增生甚至乳癌。

Ayawawa
语录

★ 不要拿十年的感情和外面几个月的激情比，越这么比，你会越伤心。

★ 你不舍得对自己残忍，当然就轮到别人来对你残忍。

2011 年的百万人调查，女性婚内出轨的大概有 30%。这个调查数字是不是准确我们无从查证，但它实实在在地证明了有一部分女性确实在婚内出轨。

吴倩就是这样的女人，她有婚外情（或者说婚外性）已经两年多了。可能很多人，特别是男人，会骂她、诅咒她，什么贱人啊，荡妇啊，这些她都能接受，甚至一度自己也很挣扎，骂过自己，逼自己做个传统道德所要求的"好女人"，结果发现不管怎么努力她都做不到。她的婚姻总是依靠另一断感情和激情来拯救，如果没有情人，她觉得自己根本就无法忍受那段婚姻；而她如果选择离婚，她觉得家人（包括双方父母、老公、孩子）都会受到伤害。

给大家介绍一下她的详细情况。她今年 31 岁，六年前结婚，老公是她的学长，大她三岁，追她四年，对她一直很好，是那种条件还不错、性格又很好的好好先生，也算是她的初恋。他们相处了四五年，很合拍也很和谐，虽然没有传说中爱情激荡的一面，但也实在挑不出什么毛病，所以毕业三年后她就嫁给了他，两年后有了儿子。

像所有二、三线城市的年轻夫妻一样，他们过着再正常不过的日子，但吴倩在结婚四年后开始觉得无法忍受这样的生活，有时躺在床上，会觉得睡在旁边的人特别陌生，想不通当初为什么会嫁给他：普通、无趣，就像他们过的生活一样。

像吴倩这样的女生，患上的就是人们所说的"应有尽有症"，就是房子、车子、票子、孩子都有，生活没什么不好，但感觉厌倦和无意义。

难过之余，她找闺密倾诉。闺密很轻松地给出了解决方案："找个情人啊，调剂一下，让自己不至于崩溃。"闺密就是那样做的，找了个比自己小七八岁、刚毕业的男孩。吴倩当时听了很心动，跟着闺密参加了几次聚会，很快认识了一个比她大五岁的男人 F，然后就在一起了。F 虽然比她老公大，却是个很有活力和魄力的人，说话也有趣，她觉得跟他在一起很快乐。但他们都有家室和孩子，从一开始就知道这种关系的性质和底线，是以不伤害对方的家庭为前提的。

他们平均一个月见两三次，有时开个房间，有时也出去进行短途旅游。吴倩觉得因为有这样的关系，在婚姻里积累的遗憾和不满都有舒缓，回家后抱怨也少了。因为负疚心理，对儿子、老公也更好了。老公也觉得她像变了一个人，说她活力多了，不像以前那么消极、死气沉沉，她听了，心里隐隐有些难受。

这两年来，她也会自责和挣扎，但又不断地为自己开解。她老公很爱她，现在的家庭生活也很幸福，如果她不说，过几年跟 F 断了，或许他们的事这辈子都不会有人发现，而她老公也不知道她曾伤害过他。而她，因为婚外情的寄托，心里也有了一个平衡，不会把不满足和不满意积压到一定程度导致必须离婚来解决——她一直都笃信，她老公是不愿意离婚的，而她也不愿意儿子失去父亲或母亲。所以，她觉得自己的这段婚外情是无害的，甚至是有益的，为什么不继续下去呢？她认为，一夫一妻制本来就是近代才产生的，不符合人类的天性。

听说现在法国的女人可以在婚外拥有情人，而她们的丈夫也表示理解，她想，这种"婚姻外的情感"或许是维系婚姻长久的一个方法，毕竟三角形才是稳定的。

你们从她的经历中读到了什么？

她说她还在乎自己的老公，但我看到的是她已经不爱他了，或者不是不爱，是这种爱要维持现有婚姻已经不够了，所以她试图借着增加自己的负罪感来对他好一点。这虽然不合理，但合情。不过，不要以为这种好运可以维持很久，有个词叫"悖入悖出"，是讲不义之财的，也可以引申到感情生活，怎么得来的就会怎么还回去，而且很可能是以你绝对不愿意的方式。

老婆在婚外拥有情人，我相信有些男人确实能够理解，别说法国，中国应该也会有。不过，像吴倩的老公这种是一直被蒙在鼓里的。她说"他或许一辈子也不会发现她曾做过伤害他的事"，就证明其实她很明白，老公不愿意离婚这个结论完全是建立在两个人相互忠贞的基础上的，一旦被他知晓了她出轨的事实，抽走了这个基石，只怕结局会具有相当大的毁灭性。

厌倦了婚姻，为了自己不提出离婚就去找个婚外情人，这个逻辑你们不觉得很可笑吗？说穿了，这就是抱着一种侥幸心理，和那些作奸犯科的罪犯、贪污受贿的官员一样，看到别人犯罪一时没有受处罚，自己便也胆大起来，先搞点小动作，然后开始贪大的。这一点，吴倩要先怪有一个不好的闺密。俗话说，人最怕的就是误交损友，亲手毁了自己的生活，竟还要把别人拉下水。当然，或许我多虑了，她既然和这样的人是闺密，足见在她的潜意识中就有堕落的潜质。

好吧，那个拖你下水的人现在活得滋润，你可能也不赖，问题是，事情总会有穿帮的一天。你没见那些被抓的贪官和罪犯都是怎样痛哭流涕、悔不当初的吗？埋个不定时炸弹的人却口口声声说自己珍惜这段婚姻，说自己不想离婚，其实潜意识里就是不愿意为婚姻的稳定付出代价。就好比跟老板提出加薪，却天天迟到、早退，归根结底是不愿意牺牲快感来达到一个长远目标，甚至潜意识里抱有报复的念头。这样的人，我们一般觉得她幼稚或者无知，具有这样性格的人不懂得克制自己的欲望的话，很容易酿成悲剧。

对了，别提婚外情了。那些吸毒的人，你以为他们吸毒的时候就不快乐、不愉悦吗？那可比这强十倍还不止，难道还要跟他们学吗？知道不对，就要知道悬崖勒马。如果只是为了追求感官甚至感官的愉悦就背离社会的基本道德底线，我认为这样的人根本不必忏悔，反正是要下地狱的，何必为自己找借口呢？抵御不了诱惑，玩刀口舔蜜那一套，当然是要为之付出代价的。道理谁都懂，只是热衷于婚外情的女人喜欢饮鸩止渴，还喜欢用往脸上贴金的方式自欺欺人，既短视又贪得无厌。所谓病入膏肓，虽扁鹊、华佗再世不可救也。

Ayawawa
语录

★ 厌倦了婚姻，为了自己不提出离婚就去找个婚外情人，这个逻辑非常可笑。

★ 热衷于婚外情的女人喜欢饮鸩止渴，还喜欢用往脸上贴金的方式自欺欺人，既短视又贪得无厌。所谓病入膏肓，虽扁鹊、华佗再世不可救也。

娃姐，女人的生活理想不应该是家庭美满、婚姻幸福吗？为什么我身边的好多女性朋友，明明有对自己很好的老公，生活条件也很好，却总是不满足，希望通过婚外情找刺激呢？导致女性婚内出轨的原因是什么？以后女性婚内出轨的比率会不会越来越大？

Ayawawa
贴心回复

我在《聪明爱：别拿男人不当动物》这本书中分析过，男人在采用混合择偶策略的时候，拥有最理想的生殖利益。其实，女人同样也有长择与短择，她的理想生殖利益也是长择与短择并存的时候。

比如一个嫩模（粤语，指年轻靓丽的少女模特），这辈子肯定不可能嫁给贝克汉姆、莱昂纳多等天王巨星，但如果机缘巧合偶遇男神，她主动想去和男神"亲密接触"一下，那还是有可能的。

但另一个长相帅气的男模特或没什么名气的男艺人，遇到了林志玲或者妮可·基德曼，想和她们共处一晚，女神们会理他吗？

当然不会！

因为男女的不同，一个女屌丝如果不要求婚姻并且不过分纠缠的话，很容易得到高富帅的短择。但是对男屌丝而言，无论他们多努力多拼尽全力，可能依然一辈子连靠近女神一步的希望都没有。

这就是女性享有的性别优势，在不要求长择的情况下，可以用短择来换取比自己所匹配的正常伴侣更好的伴侣。要知道，男人短择伴侣的 MV 往往是低于长择伴侣的，他的长择是真爱；而女人短择伴侣 MV 往往是高于长择伴侣的，她的短择是真爱。

所有人类学的研究都揭示了同一个结论，即人类是轻微多偶的物种。无论男女，每一个人本质上都是轻微多偶的，也就是说，人类具有同时保持长择策略和短择策略的倾向。在进入婚姻这样的长期关系中，女人也会轻微多偶，想要在婚外给自己短择的可能。随着社会的发展，女性地位的提升，尤其是女性收入增加，独立抚养后代能力的提升，女人就会希望在婚姻中有更多的话语权，她们开始倾向于在婚姻中不妥协，也会更容易出轨。

现代社会的法律约定了一夫一妻制。我们作为普通人，要尽力克制自己多偶的欲望，别试图钻空子，因为多偶是法律不允许的、道德不倡导的。

矛盾篇

爱情是刚性的，
婚姻是柔性的

对方父母，
早见早好

女生第一次见公婆，难免会紧张。晓梅给我打电话求助的时候，声音有些颤抖。这个春节，她就要去见阿坤的父母了。按理说这是件好事，是她被男生认可的表现，可是她的心里总隐隐有些不安，因为阿坤的父母都是知识分子，对于工人家庭出身的晓梅一向反感。虽然他们的文化背景要求他们不能以粗鲁的方式阻止儿子跟晓梅交往，可是那种几乎能穿透骨头的冷淡，让晓梅有几次在电话里听到阿坤妈妈的声音都觉得背后发寒。

晓梅和阿坤是在法语学习班上认识的。那段时间法语风靡上海，写字楼里的小白领纷纷跑去学。她和阿坤坐前后桌，大家都来自法资企业，都在即使英语比法语流利仍然崇尚蹩脚法语的办公室里工作。他们有着共同的目标，就是要和法国大老板直接对话，完成职场晋升。他们互相鼓励着，憋着劲儿地学，终于一起考完了高级法语。那天去庆祝，阿坤很兴奋，借着酒劲，红着脸向她表白了……

凭借语言的优势，两个人在工作上顺风顺水，每个周末他们都跟其他情侣一样，一起吃饭、看电影，日子过得特别开心。只是常常在他们最开心的时候，阿坤会接到父母的电话让他回家。有几次，晓梅都隐隐地听到电话里讲："整天和一个工人家庭的女孩子混在一起，像什么样子？""你把这种家教的女孩娶进门，让我们的老脸往哪儿搁？"每次阿坤都一脸歉意，让晓梅给他一些时间去劝服父母，也给他父母一些时间接受现实。"我不觉得工人家庭有什么错，我喜欢你性格中的率直和淳朴，和别的女孩不一样。我们一起努力！"阿坤的手搭在她的手上，传递过来的是一种坚定信念。晓梅不想让他左右为难，总是反过来安慰他："没关系，我们都还年轻，时间长着呢！"嘴上这么说，心里却一点底都没有。阿坤父母在晓梅心里就像是《新结婚时代》里顾小西的父母，典型的知识分子，门第观念根深蒂固，对她这个在厂区长大的疯丫头深恶痛绝、无从接纳，觉得与她们家结亲是种耻辱。她不知自己的爱情长跑还有多远，让她舍弃阿坤她又做不到，所以只能继续煎熬。

最近，晓梅升为主任，阿坤则被派往法国培训一个月。临走前，阿坤很认真地对她说："等我回来，过年来我家见见父母吧。"她的第一反应是怕，从头到脚的每个细胞都战战兢兢。第一次上门，她想用爱感动他的双亲，给他父母留下个好印象。

我见过很多女孩，因为紧张害怕，或者其他方面的担心，迟迟不肯见对方的父母。其实见面是应该要尽快的。因为在这个问题上，最重要的不是他父母怎样对你，而是借着这个机会，你可以观察一下你打算托付一生的人是否是一个值得托付的人。在最亲近的、最熟悉的父母面前，很多人往往会不自觉地流露本性，这时候你可要看好了。

如果他畏首畏尾、没有主见，父母明摆着欺负你，他也不敢站出来说话，这样的男人在最初的激情消失之后，变脸会比翻书还快，那时候你会被甩得门儿都摸不着。

如果他只会和父母对着干，不懂得协调和解决父母和女友之间的矛盾，不懂得忍辱负重，这种人我也劝你早点放手，他很容易以爱的名义，盲目地把女方推到矛盾旋涡的中心。这是自我逃避的一种方式，他的所有过错和罪恶，最终都会由女友来背负。

好的男人是一个平衡器，他会在恰当的时候做善人，必要的时候做恶人，不惜牺牲自己来使得你和他父母双方都满意。要不怎么说好男人应该是双面胶，把原本完全不搭界的两种物质黏合在一起。如果他是一块合格的双面胶，那就大可放心，即使父母现在暂时看起来不好相处，你也可以嫁给他。反正你是嫁给他，不是嫁给他父母。有再大的矛盾，生米煮成熟饭了，老一辈也没办法。

说到双面胶，电视剧《双面胶》里的婆婆就很有代表性，即使儿媳丽娟再好，只要有一点点微小的错误，她就可以把对方逼死。关于这类婆媳矛盾，我的一个朋友概括得很精辟："有很多妈妈从小到大都把儿子牢牢地捏在手里，一硬就一巴掌打过去。当然，打的是对面的女人。"

当然，这样的父母是少数，但是，"极品"并不是异军突起的。这种敝帚自珍的思想普遍存在于很多父母特别是母亲的心中，仅仅是程度有所不同。在他们眼里，自己儿子就是配个公主都不冤枉。所以门不当户不对的爱情，往往注定要走过一段艰难无比的道路。人的本性都是利己的，永远想要往高处走，女生还是要理解。倘若成了一家人，那是缘分，不要去记恨对方的父母；如果没有成为一家人，也不要去怨恨他们。

个人觉得，在见面之前，不管处于怎样的门不当户不对，女生都要消除自己的自卑意识。一个人，无论他有怎样的出身、教育背景、家世、地位，都有爱的权利，所以你和他的父母在人格上是平等的。差别只在于辈分，你是小辈，在他们面前说话的时候，需要必要的尊重和迁就，尽量不要让老人觉得扎眼。在这种一旦打起来就会两败俱伤的战争中，如果不是原则性问题，宁愿吃点亏，也不要让战争打起来。

所以我希望像晓梅这样的女生，在见对方父母时要能表现出不卑不亢，而且为了能够让对方的父母有更高的接受度，还要有技巧地表达必要的热忱和体贴，表达对他们的尊重而不是景仰，然后适当地流露出你对他们儿子的爱意和个人未来的企划。

顺便说一下，我有个朋友，她比男友大五岁，起初男友父母也是极力反对，但是男友坚持把她带回家多次，她都表现得特别温和，有时男友故意当着父母的面欺负她，她也表现得格外逆来顺受，对他又贴心又关心。最后她未来的婆婆看不下去了，反而帮着她说话，然后她顺理成章地嫁给了那个男人。这就是巧妙地利用人的同情心达到目的的一个例子，或许可以参考一下。

Ayawawa
语录

★ 见对方的父母还是要尽快的，因为最重要的不是他父母怎样对你，而是借着这个机会，你可以观察一下你打算托付一生的人是否是一个值得托付的人。

★ 好的男人是一个平衡器，他会在恰当的时候做善人，必要的时候做恶人，不惜牺牲自己来使得你和他父母双方都满意。

延伸阅读 **第一次见男友妈妈的注意事项**

在回答这个问题之前，我们可以先想一下，婆婆在面对我们的时候，到底是怎么想的？

我们带着这个问题，回答一道爱情考题吧。这是一个需要高超想象力的问题：

你目前身处 × 星球，这个星球和地球基本完全一致，唯独一点不同：这个星球的人中30% 左右的少女有个不好的做法，就是会趁人类生产时不备，吃掉人类的婴儿，然后用很短的时间快速生出一个她自己的孩子，偷偷换掉你的孩子（可以把她们想象成杜鹃鸟，打碎你的蛋，生个自己的蛋）。现在你怀孕生产，要挑选一个少女当你的助产师（你无法独自生产），注意几点：

1. 无论对方多么高的 MV 都有可能吃掉孩子，因为她们不是人类。

2. 比起她们自己的孩子，你的孩子越差越容易被吃掉。

3. 你必须请这个星球的少女而不是男人或者地球人当助产师。

提问：你将如何选择少女，比如性格、长相，你认为哪类少女绝对不能要？

现在你下不了床，得差遣你的老公帮你找一个少女，你将会让他去哪儿找？

我在微博上放过这个爱情考题，收集了一些不错的回答：

"不必懂人情世故，更不必太聪明，所以年龄要小。先天体弱也不漂亮（要是由于后天原因则容易心怀嫉恨），原生家庭要比较和睦，但也不必太富裕。胆小好调教，有传言吞过婴儿的都一律不要，MV 高的不要……"

"不考虑的：女屌丝、loser（失败者）、感情不幸者、出身不好者、MV 低于我老公者。可以考虑的：出身幸福、感情幸福、口碑好、MV 高于我老公者。要他自己选就去中学找那种品学兼优、家境好、父母感情好的小女孩……"

下面我来和大家具体分析一下这道爱情考题：

你是个女人，但没有助产师你就无法生育；这个助产师你很难深入了解，也不是你身边的人；她们有 30% 的可能会偷换掉你的婴儿，这个被调包的婴儿还得你养；不能让她迷住你老公。所以，这个问题说的就是婆婆选媳妇的模拟场景。

没有媳妇你就没有孙辈。你和她没有长期的交流，但也许有利益的冲突，且有合作的必要。她完全可能背叛你的儿子生出别的男人的孩子（这个 30% 我设置得较高，国际 ABO 血型研究暗示的非亲生率大概接近 20%，一般来说 10% 是很普遍的现象），不能让她威胁到你在儿子心中的地位。

现在，倒回去看一下大家给我的回答，婆婆到底想要什么样的媳妇？

最好是知根知底、门当户对的——"找其他人类夫妇介绍""选择朋友推荐的"。

比婆婆要差，也就是比男方条件略低——"相对而言，我的孩子对她来说就是优"。

不是条件越好越受欢迎，条件好也可能被婆家嫌弃——"貌美嘴甜，看起来会骗人的不要"。

我在《聪明爱：别拿男人不当动物》里面说过：出社会第三年开始追求者就少了——"年纪小、校园里的"。

单亲是择偶劣势——"原生家庭不幸福的不要"。

越好看 PU 越高，越容易失控——"特别丑或穷""需要通过帮我助产而换取食物生存的"。

特立独行，对婆婆态度很强硬的女孩们没戏——"自身能力比较强，对我们给的利益需求很低的不要，不太容易驯服、很反叛的不要"。

总之，婆婆要考虑到以下几点：

1. 对方条件不能太差，太差的可能家教不好，导致危险性高。同时也不能太好，太好的话，男方的孩子对她而言就是差，容易被吃掉（男方窝囊废，女方易出轨生其他男人的孩子，这个概率高达 30%；而处于社会较高地位的男方，非亲生的概率有时低于 1%）。

2. 女孩名声很重要，最好年龄小，易于控制。

3. 原生家庭环境要好。

至于长相，婆婆真的不是很介意媳妇的长相。我们都知道，男女对长相的要求是不一样的，她还怕你把她儿子迷住不听她的话呢。所以，长相不是过婆婆那一关的加分项，5~6 分即可顺利通过，特别高反而有害。

第一次见婆婆的过程，就是带回这个少女给你看一看，看看她适不适合做你的助产士的过程，你会希望这个少女在见你的时候如何表现就是你的婆婆希望你如何表现。

（《完美关系的秘密》P367 杨冰阳）

如何搞定
恶婆婆

据统计，当前社会因婆媳关系离婚的总人数，已经远远超过了因婚内出轨而导致的离婚人数。也就是说，婆媳关系对婚姻的破坏率，已经超过了小三，成了婚姻破裂的头号杀手。

孟洁的婚姻就是婆媳冲突和老公不作为的牺牲品。她毕业后留在了上海，找了一个待遇很好的工作，经人介绍认识了她现在的老公。他是上海本地人，公务员，长相清秀，温柔细心，对她也很好。她觉得自己一个女孩子在外工作，对方家庭和工作都还不错，相处不到一年就答应了他的求婚。

谁也没想到，问题随着他们婚姻的到来变得麻烦不断。他们和公婆住在三室两厅的房子里，空间不小，但矛盾不断。婆婆掌控这个家惯了，家里大事小情都得她说了算。孟洁的老公和公公从来都是唯唯诺诺、一副听之任之的样子。孟洁不是脾气不好的人，但性格再温和也有触碰底线的时候。时间久了，她跟婆婆之间的摩擦越来越暴露。每每和婆婆发生争执，她都会怨恨老公，不但懦弱还很愚孝，不管什么原因，也不问谁对谁错，他从来都站在他妈那边，然后私下再给她赔不是。他越是这样，她就越觉得委屈，跟婆婆的冲突也就越来越频繁。而在这些争吵中，公公是那个从不说话的人，老公是那个帮他妈的人，孟洁越来越感到他们三个才是一家人，是一个利益共同体，而她始终是个外人。

孟洁提过要搬出去住，离开公婆的视线，去过自己的生活。但婆婆一方面扣着她老公的工资卡，一方面说不反对他们买房子，只要他们自己能出钱买。可是孟洁工作也不过一年多，存的钱怎么可能够付首付呢。她让老公要回自己的工资卡，可他就是不吭声，也不敢。

就在孟洁心灰意冷的时候，她发现自己怀孕了。孕期，她和婆婆的关系有所缓和，也就暂时没再提买房子搬出去的事。孩子生下来后，婆婆答应了会给他们首付买房，孟洁信以为真，就用全部的积蓄买了一辆小车。可是，在照顾孩子时，他们又发生了一系列矛盾。日子又恢复到了从前，争吵不断。她再一次提出搬出去，婆婆却说："你想都不要想！"孟洁气坏了，只是她的钱都花光了，婆婆又不肯给拿钱，想搬出去更是遥遥无期。

这时候，孟洁给了她老公最后通牒：要么离婚，要么搬出去，哪怕租房子都行。她老公却和他妈一个鼻孔出气：离婚可以，孩子跟车子你都别想要。孟洁看他们吃定了自己舍不得孩子，但心已经死了，再也无法忍受这样的日子，所以就放弃一切，选择了逃离这个家庭。

也许是她的做法令婆家人颇感意外，三年的婚姻，她净身出户，工资卡上只剩下几千块钱，以后每月还要支付宝宝的赡养费。她付出了巨额的代价，但婆婆似乎还是觉得不平衡，三番五次抱着宝宝到她单位里去闹，到处跟人说："你见过这么狠心的妈吗？连自己的孩子都不要了！"

孟洁现在每天都很苦恼，害怕上班，害怕婆婆又来闹事，这场婚姻引起的噩梦，似乎永远都没个终结……

遇上这种刁钻极品的婆婆，果真要被对方吃定吗？

在我国，像孟洁的婆婆这样的婆婆，不会少于一百万。但是，这些人的结果都是导致离婚吗？当然不是。很多农村婆婆和城市儿媳相处的模式都和孟洁他们相似，总是摩擦重重，婆婆经常又哭又闹，指使自己的儿子去压迫媳妇；而媳妇总是缄默忍耐，试图通过自己的老公去解决问题，最后终于导致反目成仇的结局。那么，农村媳妇是怎样和婆婆相处的呢？很简单，婆婆撒泼，她们比婆婆更泼；婆婆在家打滚，她们连婆婆也敢揍，不然就抱着孩子摔门回娘家，直到婆婆八抬大轿来抬着回去。此外，她们还有一系列驭夫术，床上床下一把好手，保证叫老公俯首帖耳。想想看，罗马不是一天建成的，一个男人既然有听妈妈话的懦弱性格，指望他为你出头当然没戏，自怨自艾更没有用，最好的办法就是表现出更加强悍的性格与决断力，他自然会依附你。

直说吧，要是孟洁会撒泼，会一哭二闹三上吊，会抢开膀子和婆婆干架，会豁出去用宝宝威胁婆婆先交出老公的工资卡，可能现在她车子有了、房子有了，老公和她还和和美美地生活在一起。不过，我相信她也不屑于这样去做。面对这样的境况，即便她知道应该怎样去争取老公，团结老公来打击对手，用撒泼和威逼利诱来对付婆婆，只怕她也做不出来。

说这么多的意思是：世界上有两种人，小人和君子。如果你的性格太君子，就注定会遇到小人。所谓的小人，他们是不会懂得和尊重别人的底线的，只要你一直不反抗，不对他们声色俱厉，他们就会永无休止地逼近甚至超越你的底线。和小人相处的时候，你不能指望对方把你的利益放在前面，他们甚至不懂得设身处地为人着想。你只能去争、去抢、去凶猛地掠夺，他们才会尊重你、敬畏你。孟洁是一个不懂得抗争的人，她性格中的懦弱会被人乘虚而入，然后陷入恶性循环，这才是她婚姻失败的根源。

既然是君子，就继续做个君子吧，哪有做君子不需要付出代价的呢？看看人家白隐，被诬陷为私生子父亲多年，不也默默忍耐着？所以换个工作，远走高飞，离那些不想见的人远一点。那么大的一个上海，真要躲一个人并不难。

当然，撒泼是一种不好的行为，问题是当只有这个办法才能奏效的时候，豁不出去的人，当然会输给豁得出去的人。当有人光着脚要来和你打架，你只能选择脱了鞋和他干仗，或者忍受他的泥脚在你的皮鞋上踩来踩去。

Ayawawa
语录

★ 世界上有两种人，小人和君子。你的性格太君子，就注定会遇到小人。所谓的小人，他们是不会懂得和尊重别人的底线的，只要你一直不反抗，不对他们声色俱厉，他们就会永无休止地逼近甚至超越你的底线。

★ 豁不出去的人，当然会输给豁得出去的人。当有人光着脚要来和你打架，你只能选择脱了鞋和他干仗，或者忍受他的泥脚在你的皮鞋上踩来踩去。

读者番茄提问 ────────────────────★

　　我与老公相恋十二年后结的婚，之前我们一直在外地，结婚后回的老家。婚前他一直特别呵护我，即使我跟他妈妈有矛盾，他也会偏向我说话，但婚后他每次都偏向他妈，而且不管他妈说的是对是错，他都无条件地听从。现在因为婆婆，我们已经走到了离婚的边缘。但我一直弄不明白，为什么男人在婚后像是变了一个人一样，处理婆媳关系也会有天壤之别？

Ayawawa
贴心回复

　　正常的男人在婚前并不会出现"即使我跟他妈妈有矛盾，他也会偏向我说话"这样的行为，既然你的男朋友在婚前有这样的行为，就说明他做出这样的事情是有一定的目的的，最有可能的就是给你提供超出正常值的感情浓度，进而达到哄着你，最终娶你回家的目的。在把你娶回家的目的达到后，在婆媳关系的问题上出现"天壤之别"的变化是非常正常的。

　　这就是传说中的"婚前跪舔，婚后报复"。

────────────────────────────────★

如何对付凤凰男家里的懒亲戚

有一位叫小小果子的读者来信说：

我跟男友恋爱三年，同居一年，一直相处得都不错，准备明年结婚。可最近因为他表弟的事情闹得很不开心，已经提过分手了，虽然没分成，但估计也差不多了。

先说说我们的状况，我跟男友都是外地人，毕业后在一号地铁沿线租了个一室一厅的小房子，月租是2000块。我们的钱是放在一起花的，由我来管钱。我们日子过得蛮节俭的，很少去娱乐场所，不买太贵的衣服，也不经常去外面吃饭，两个人月收入一万多，我每个月能固定存下7000块钱，本来想着，再存个两三年就够付房子的首付了。日子虽然不大宽裕，但充满希望，还是很甜蜜的。

但是去年8月份的时候，男友的姨妈打电话来，说男友的表弟过完年想来上海找工作，要暂时借住在我们这里，希望男友好好照顾他。男友一口答应了下来，我心里虽然不大乐意，但知道男友读中学时一直是借住在他姨妈家，再说只是临时住段时间，估计很快就会搬出去，也就同意了。

结果在上海最热的时候，他表弟来了，进屋就把包往地上一扔，说了句"热死了"就走进卧室里对着空调吹，连称呼都没一句。说实话，我一开始对他印象就不太好，觉得他不太懂事。房子只有一室一厅，我们睡卧室，他就睡厅里的沙发，但客厅里是没空调的。白天无所谓，我们要上班，门开着，他可以随便进出，但晚上睡觉总要关门的，他总嫌热。没办法，我们只好又掏钱在客厅里装了台空调，而且他来的时候什么都没带，就拿了两套换洗的衣服，所以我们又帮他添置了一套生活用品。

然后，他就算是在这里住下来了。8月份的时候他嫌热，不愿出去，一直待在家里用我们的电脑玩游戏或者煲电话粥；9月份的时候总算出去了两次，在招聘会上投过几份简历，不过都没什么回音；住到10月份的时候，我就有点急了，因为他找工作一点也不上心，就一心一意地在我们这儿住下来了，每天就是睡睡觉、上上网，饭也不用做，衣服也不用洗，还不用听他妈的唠叨，多舒服呀！我每天下了班要做饭给他吃，还要帮他洗衣服，而他一个20岁出头，比我也小不了几岁的大小伙子，居然就能心安理得。

后来，他表弟进了家公司做客服，一个月才1500块，吃饭都成问题，所以还是跟我们住在一起。当然，房租跟生活费他是不交的。我问男友，这种日子什么时候是个头，是不是他就一直住我们这儿了？男友却说，不过多双筷子而已，有什么好麻烦的，况且以前欠姨妈的人情，现在也不好赶他走。可是他表弟的存在已经严重干扰了我们两人的生活，而且我们每个月的花费也增加了近1000块钱。男友就说我没有人情味儿，只想着这点钱。

我很郁闷，曾经当着他表弟的面借题发挥地跟他吵过，他表弟倒好，直接关门出去，等我们吵完了再回来。我实在是忍不下去了，在回家过年前告诉男友，回来后如果再不解决这个问题就分手。过年回来了，他是想办法解决了，办法却是租了个两室一厅的房子，他表弟还是跟我们住。我真是要吐血了，很想给他姨妈打电话，说一下我们的难处。你觉得我应该这样做吗？

我的建议是，电话当然要打，但最好不是亲自打，而是要让男方来打。至少要他开口，你来授权，否则女生这样做会显得名不正言不顺。男生一旦在外面欠了别人的恩情，却要你们共同去还时，他心里对女生是有愧疚感的，但是为了消除这种愧疚，他会下意识地选择性遗忘，或者牺牲、或者安抚其中比较容易摆平的那一个，免得两头不是人。而被牺牲的往往是自己的女朋友或老婆。

不过，很多女生意识不到是自己主动选择了这种被牺牲的生活，她们一边抱怨，一边深陷其中。比如这位写信的读者，我觉得她简直就是一个受虐狂。下班回家就非要做饭给他表弟吃？这不是自己给自己找事吗？就不会叫上自己的男朋友在外面的街头小店吃好再回去？要是男友非要给表弟带饭，就给他很少的生活费，让他去打肿脸充胖子，试试看能不能撑一个月？闲来无事的周末，更是大好时机，约上男友去郊外踏青，冰箱里什么吃的都不要留，每星期饿他表弟两天。衣服，为什么要帮他洗？让他堆在哪里发臭好了，或者借口自己身子不舒服不能沾冷水，指使他表弟去洗，要是他胆敢不洗，就借机发挥，完全不用通过男友，直接一把鼻涕一把泪地打电话给他母亲，把他所有的恶言恶行全部说出来。

平时没事，就找几个同事、朋友来家做客，把屋子弄得热闹非凡；每天早上起来，动静大一点，装作不在意地把他吵醒几次；平时和老公搂搂抱抱，旁若无人，该脸红的又不是你。

钱是你在管，你当然可以选择支出或不支出。交房租的时候，你大可提前几天告诉他，你们没钱了，让他拿一部分出来，不然你们就出去单租一个小的。如此这般，我就不相信他不走。

人都是懒惰的，有依赖感和惯性的，有着这样一个世外桃源，他当然恨不得躲一辈子。要是再默许并纵容他的惰性，他只会愈演愈烈，不会有任何醒悟的行为。所以，你只需要把这个世外桃源变得让他难以忍受，或者至少让他像是合租伙伴，不会对你造成任何困扰。

Ayawawa
语录

★ 男生一旦在外面欠了别人的恩情，却要你们共同去还时，他心里对女生是有愧疚感的，但是为了免除这种愧疚，他会下意识地选择性遗忘，或者牺牲、或者安抚其中比较容易摆平的那一个。

★ 人都是懒惰的，有依赖感和惯性的，有着这样一个世外桃源，他当然恨不得躲一辈子。要是再默许并纵容他的惰性，他只会愈演愈烈，不会有任何醒悟的行为。

　　古代说男耕女织，现在说男主外女主内，从古至今男人都是家中的顶梁柱。如果反过来女人撑起了整个家，男女之间角色互换，必然会引发更多的家庭矛盾。

　　丹萍和老公结婚三年，老公却已经待在家里一年多了，这让她非常心烦。

　　他们是相亲认识的，当时他在一家外资 IT 企业做职员，收入还不错，人也很内向、老实，感觉很可靠，所以谈了大概半年多他们就结婚了。

　　婚后没多久，男方的公司裁员，他丢了工作。幸好有一笔可观的遣散费，而且他的学历、工作经验都还不错，所以也没感到有什么压力。

　　大概两个月后，他重新找了家公司，工资跟以前差不多，离家又近，所以就去了，结果还没过三个月试用期就辞职了，说是公司人事关系太复杂，企业文化就是明争暗斗，压力很大，他做得很不开心。丹萍也知道，那段时间他经常要加班，又没加班费，每天回家就叹气，愁眉苦脸的，她看着也很心疼，就说先在家休息一段时间再找吧。

　　结果这一待就待到了现在。开始时他还很积极地每天浏览招聘网站投简历，请周围的朋友帮他推荐，面试了几次后，他的热情慢慢就消失了。而且他好像爱上了失业家居的生活，每天给老婆准备好早餐、浇浇花，然后就去玩电脑了，一玩就是一整天。当然，饭他还是知道做的，每天她下班后，都能吃到热气腾腾的饭菜。刚开始，丹萍也觉得蛮好的，家务、杂事都交给他，每天出门回家都有人照顾，逛街也有人毫无怨言地陪伴，甚至还对他说："等我每月赚到两万块，你就在家里做主夫好了。"

等到看到他真的越来越有种"我就留在家里做家庭妇男"的趋势时，她心里很不是滋味。毕竟还是要生活的，每月3000多块的房贷，还想买车子，还想生孩子，这一切靠她每月7000多块钱的薪水不知要挣到什么时候。失业的前几个月，他用的是自己的积蓄和遣散费，后来估计钱花得差不多了，居然开口让丹萍把自己那张每月打进去3000多块的工资卡给他，说是做"家用"。听到他开口要钱，丹萍心里绝望极了。

不是没谈过，也不是没吵过，可他性格太内向，说不了几句就不作声了，像块石头那么沉默。丹萍再多说几句，他就说不要逼他，说如果嫌弃他拖累自己，他们可以AA制，甚至说："你要真觉得无法忍受，就离婚吧，我也想要自己的生活方式。"

丹萍不明白，他想要的生活方式是否就是待在家里，也不知道他是否真的想离婚。

我们都知道，在当今社会，如果有个女人顶起来一半左右的家庭负担，马上被冠以"半边天"的美名，我可没听过谁拿"半边天"这个词去称赞男人的。可见，男人承担一半以上的家庭负担是天经地义之事。这一点，我相信不光我们知道，丹萍的老公也知道，即便他已经在家待了一年多，没有出去工作。

俗话说"仓廪实而知礼节，衣食足而知荣辱"，当一个男人不能依靠自己的力量坚实地站在这片大地上，那么自尊以及爱对他而言就是奢侈品，而不是必需品。用最大的恶意来推断，他是不愿意离婚的，但又算定了她也不会因此离婚，但她的存在对他而言并不比他目前这样的生活来得重要。他不愿意承担一个丈夫的义务，却要求对方尽一个做妻子的义务的同时，还要妻子代替他尽一个丈夫的义务。为此他没有愧疚，即便有一点也抵不过日前的安逸情景，他觉得能这样和睦地相处下去，女方已经是中大奖了。

　　当然，上述情景大概是最有助于女人做出判断的一种。考虑目前的经济形势，我倒觉得他不一定是不愿意工作，很有可能是真的找不到工作。所以，我建议换一种方式考虑问题，要这么想：如果他生了重病卧床在家，需要你独力支撑，你能不能接受？这个答案可以帮助女性做出更好的判断。

　　不要感情用事，说如果爱他就不会因为他没有工作而放弃他。我觉得不应该说"不会"，而应该说"没有"，因为这只是对之前的一个总结，而不是对未来的判断。试想，如果目前这种状况再持续三年甚至三十年，自己还能不能接受？如果觉得可以接受，就别逼他，由他去吧，在落魄的时候，人的自尊心是最脆弱的，你若逼他，他就会觉得你嫌弃他。如果这种屈辱感在他心里扎下了根，倘若以后他功成名就，你就会被迫下堂。如果觉得不能接受，那就赶快行动，该离婚就离婚，不要委屈自己。感情里的牺牲和伟大这类美德就好像唇间的宝珠，但凡你开口诉说，它就已经滚落在地。

Ayawawa
语录

★ 当一个男人不能依靠自己的力量坚实地站在这片大地上，那么自尊以及爱对他而言就是奢侈品，而不是必需品。

★ 在落魄的时候，人的自尊心是最脆弱的，你若逼他，他就会觉得你嫌弃他。如果这种屈辱感在他心里扎下了根，倘若以后他功成名就，你就会被迫下堂。

恋／爱／心／法

现代社会，女性在职场上越来越容易闯出一片天地，男性回家也需要帮忙分担一些家务。在这种分工体系下，还提倡男主外女主内吗？男女在家庭关系中的角色扮演又应该怎样分配的？

Ayawawa
贴心回复

其实在感情中并不是说一定要社会怎么样，然后你们两个人的关系就要怎么样。因为在亲密关系中，主要是处在亲密关系中的两个人权利的互换。如果在一段关系中，男方认可"男主内女主外"的关系，那么这个问题其实就不构成问题了。如果男方不认可"男主内女主外"的关系，那么这个问题在你们这个小家庭里就构成问题了。即使这个社会的主流思想是"男主内女主外"，但在你们的家庭里也是有问题的。

我猜想你拿这个问题来问我，有可能是因为你在和你的老公沟通时遇到了这样的问题，或者你担心和你的老公沟通的过程中会遇到这样的问题。我只能和你说，如果你不能离开他，也不能改变他，那就只能改变你自己了。

─── ★

半年前，有个女生悲愤地问我：如果老公生性冷漠，该如何与他相处。可能大多数人都觉得两口子过日子是相互取暖、相互搀扶的，而她的婚姻里都是她在单方面地付出，她越想越心寒。

她的老公周家世好，父母都是高级知识分子；职业好，是重点大学的讲师；个高、帅气、温文尔雅。而她只不过是一个姿色平平的公司职员，能够嫁给他，她父母都觉得像是捡到宝了，她就更知道是自己高攀了。虽然交往的时候，他就表现得不是很热情，也不体贴，但当他向她求婚的时候，她还是很开心地答应了。

周的生活自理能力很差，结婚后差不多就是她在照顾他的生活。在家里，他是一点家务也不做的，每天就是上课，窝在家里看书、备课、上网，很少出去应酬，学校的活动也不大参加。他在家跟不在家没什么两样，不大出声，晚上吃完饭就钻进书房，即使女生想跟他交流，说不上两句，也会觉得没什么可说的，他从来不会主动找话题，而且也没什么交流的欲望。她受不了，觉得生活太压抑，自己又不是免费保姆，怎么能这样过日子呢？就跟他吵，但架也是吵不起来的，多数都是她一个人在哭泣和控诉，周在旁边从来都是默不作声，也不知道哄哄或者劝劝。

他不仅对妻子是这样，对双方父母的态度也淡淡的。他们家离周的父母家很近，但要不是妻子提醒，周从来都不会主动过去探望，即使是去了，也是钻到房间里去上网，到吃饭的时候才出来，然后就回家，从不陪老人说说话之类的。不过他父母也是淡淡的，不是很在意的样子。但是女方的家里就受不了了，她的爸妈特别喜欢周，每次都做一大桌子菜邀请他们周末过去吃。但周总是不情不愿的样子，对待她爸妈也很客气疏远，害得她妈妈眼泪汪汪地问她："是不是小周对我们有什么看法，不喜欢我们？"

没有一个女人不希望自己的老公是温柔体贴的，遇上生性冷漠的，自然心里会觉得委屈。但有些男人天性就是这样的。听说过国外那种从小被培养当杀手的小孩吗？他们接受艰苦的训练，一开始还条件反射地哭闹，久了知道没用就再也不哭闹了。周大概就是这样的，一直是读书的好孩子，关在象牙塔里，没有过多地接触过社会，父母对他没有什么太大的学业外的要求。平时他们一家人的相处也是淡淡的，在这样的环境里成长个二三十年，再火热的天性得不到回馈也早给磨没了。

我真不知道这个女生在心寒什么，抱怨什么。退回当初，再给她一次选择的权利，说不定还会选这样的男人当老公。又没有人拿刀逼着你嫁给他，当初还有比周更好的选择吗？况且现在生米已经煮成熟饭了，总不能为了这个离婚吧？而且，我觉得这个女生也没有到不能忍受的地方。想想看，一个"家世好，父母都是高级知识分子；职业好，是重点大学的讲师；个高、帅气、温文尔雅"的人，换了谁谁不喜欢？上帝已经给了你那么多，你再要求他热情如火，这未免也太让其他女性心理不平衡了。他要是十全十美的完人，又怎么轮得到你？早就该插上翅膀去当天使了。

事物都有两面性，一个天性冷淡的人，其实也有很多好处。比如说，他不会对其他异性有太多兴趣，出轨的概率小，要知道，多少女人的丈夫都喜欢在外面拈花惹草；他能给你更多自由的空间，即使你通宵出去玩也没关系，要知道，多少丈夫把妻子看得死死的，简直让人窒息……这个世界上性格没有对错，只有合适不合适，既然已经选了，就尽量去适应这样的生活吧。一个人的本来性格能够改变的不多，要不人家也不会说"江山易改，本性难移"。而且，两个人相处，不要总想着改变对方。如果互动模式让你难受，不妨调整一下自己。如果你也能试着夫妻平淡相处，像朋友一样和气，不是比改变他来得容易吗？如果自己都不愿意做出改变，那么又怎么能期望对方做出改变呢？

Ayawawa
语录

★ 他要是十全十美的完人，又怎么轮得到你？早就该插上翅膀去当天使了。

★ 两个人相处，不要总想着改变对方。如果互动模式让你难受，不妨调整一下自己。

延伸阅读 ## 对方身上你不喜欢的部分，你会怎么对待

如果你不喜欢的部分只是一些无伤大雅的小毛病，并不影响你们的长期关系，但是会让你在心里有一些不舒服，可以通过赏罚分明的方式来改变他。

比如，当男方犯错的时候，也就是重建规则的时候。在这个时候，女方不仅可以提出要权、要钱，还可以提出让他改变某些习惯，甚至可以重新定位你们之间的相处模式。必要的时候，甚至可以重建一个奖惩系统来帮助他改变。比如说，你们一开始就规定好，只要他做了某件你不喜欢的事情，一次就要罚他多少钱。这个罚款的数目，既不能太多也不能太少，太多他不但会再犯，还会想抵赖；太少他不放在心上，也起不到惩戒的作用。我的建议是：每次罚他收入的百分之一左右会比较合适。假设他工资一个

月 2000 元，那么你一次罚他 20 元、10 元，这都是可以的。但是如果他工资一个月 2 万，那就不能罚 20 元了，要罚他 200 元，这个时候你罚 20 元，他会觉得无所谓。具体应该罚多少根据实际情况适度调节，不能一次罚太狠，也不能让他随随便便就出了这个钱。

可能有人会怀疑，罚钱真的有用吗？要知道，奖惩系统是远高于我们人类语言中枢的一种存在。早在远古时期，我们没有语言的时候，就已经有了奖惩系统，就连动物都会不自觉地选择有奖励的行为。所以不用担心他不会改，就算只罚他 20 元，在他的心里也会产生震慑的效果。只要他被罚一次，再想犯的时候，身体就会给他敲警钟。所有人都想得到奖励，没有人想被罚款，哪怕奖励只奖一朵小红花，罚款只罚 20 元。

我再给你们提供一种比较高阶的罚款方式：比如说第一次发现他违规罚 10 元（数额自己定），第二次罚 20 元，以此类推，第五次之后一律罚款 50 元，然后月底清零。这一招比上面那一招罚得更多、震慑效果更好，用不了几个月，他就不会再犯。需要说明的是，奖惩系统可以用于任何事情，包括但不限于改掉恶习，你们可以根据具体情况随机应变。

但一定要是"即使这个小毛病不改掉，你也会和他在一起"这种"尊重""接纳"的心态。因为如果你的心态是"忍受""妥协"，长此以往你就会觉得羞辱、有耻感，感觉自己在跪舔。如果你的心态是"包容""允许"，长此以往你的心理就会感觉不平衡，圣母心爆棚，爱唠叨，有怨气。"尊重""接纳"才是真正好的心态，能推动你们的感情长远发展。

"不行就分，喜欢就买，多喝点水，重启试试"这样简单粗暴的方式，并不适合感情的长远发展。爱情的经营，还是需要一些小心机。

当然，如果你不喜欢的部分涉及两个人长期关系的发展，比如你们的长择关系出现了异常，那你就要重新考虑要不要继续这段关系了。

（《爱的十万个为什么》P89 杨冰阳）

烦恼篇

你和幸福有个误会

离异男，能嫁吗

90 后的郑微个性随和，跟邱磊是同事。

邱磊比她大四岁，平时看她单纯，就像妹妹一样照顾她。她也自然地把对方当成哥，觉得他对她很不错，很温暖的感觉。

刚开始郑微就知道他结婚了，而且听说他很疼老婆。她对他从来没有过非分之想，只是在一次次感情失败之后，她经常慨叹，要是能遇上一个像邱磊这样的男人该多好。接触多了，他们经常和几个共同的朋友一起出去玩，几个女孩子里，他对她永远是最好的，当时因为关系好，谁都没有多想。

大概认识了两年的时候，她突然觉得他对她有点怪怪的，好多时候看她的眼神都不对。当时她也是处于感情低谷，他给了她很多鼓励，也许是心存感激的原因，郑微有时候觉得自己有点依赖他，伤心、郁闷的时候特别想找他聊天。但她会提醒自己他只是哥，人家有自己的家庭，朋友不能做得过了度。

但他还是表白了——在他离婚后的一段时间。开始时她并不想接受，一方面是不确定自己的心，不知道自己是不是真的喜欢他；另一方面是觉得他当时因为离婚可能正处于郁闷、不理智的阶段，怕找自己只是情感上的慰藉。但是她相亲总是不成功，每次和别人见面都会想起邱磊幽怨的眼神，后来就稀里糊涂地跟他走到了一起。但是她的心总悬着，他总安慰她，什么都不用多说，让时间来证明。

现在相处了多年，邱磊觉得郑微人很不错，她也明白，自己是喜欢他的。但是每当开心的时候，她就会想起他结过婚的事。她以前听别人说过，他特别疼他的前妻。每当想起这个，她就会很郁闷，然后开始闹。

有一次，邱磊跟她说了他结婚和离婚的情况。他们认识的时候还年轻，稀里糊涂就结了婚。后来越来越发现不是一路人，他前妻的家人特别过分，他总是容忍，因为碍于家里的颜面，他不想离婚。还说他前妻特别极端，搞不好会出事。她就想，既然那个女人那么烂，他为什么还会娶她，简直不可思议。与那个女人比，她自己都觉得难受。因为身边的人一直都觉得，她可以嫁得更好。

很多时候郑微也说不清，想不明白。邱磊和他前妻后来肯定是过不下去了，但是原来呢，她想起他多疼她就特别郁闷。一起出去玩的时候，本来很开心的，她脑袋有时会突然冒出来他们原来是不是也是这样的想法，心情立刻就变糟了……

在郑微的身上，你们看出了什么问题吗？

一个人被蛇咬过之前，他很可能不能精准地认出蛇，也并不知道有什么危险。当他被蛇咬了，你去看望人家，责怪他为什么不认识蛇，为什么会被蛇咬，这是不是太不厚道了？

同理，一个人在结婚之前怎么会知道如何处理棘手的妻子呢？我说这些话不是要为这个男人开脱，世界上确实有很多一步到位幸福美满的婚姻，但是遇到前妻这种极品的小概率事情也不是没有。

面对遭遇婚姻不幸的人，非但不愿意心疼他，不愿意和他携手面对，反而责怪对方不该有这么一段婚姻，这肯定不是单纯吃醋的表现了。

实际上，女孩内心的真实想法是——身边的人一直都觉得，她可以嫁得更好。这句话其实说明她觉得嫁给他委屈了，觉得嫁给他就是"不好"，这才是所有怨恨和不满的源头。

诚然，女孩未婚，男方已婚，在选择对象上，女孩是更占优势的，问题是这两个人已经开始相处了。就好比买一件物品之前可以货比三家，但已经钱货两清了，再来懊恼自己没有买到更好的商品，就已经晚了。在相处中两个人是平等的，既然接受了他，也就是遵从了自己内心的呼唤。你们以为女孩如果在相亲时遇到比这个男生好一百倍的让她心动的选择，她还会死拽着他不放吗？当然是因为在她内心的比较中觉得这个男人更适合。说难听点，女孩的选择并不是为了他好，而是没有遇到更适合的对象，只能向现实妥协。

好在两个人还没有结婚，在结婚之前，任何一方都可以再做选择。所以，千万要想好，这个选择究竟适合不适合自己，因为结婚了，就没有后悔药吃了。如果瞧不起对方，永远执意要对方付出更多的量，好乘以他原本不高的质，以便修成正果，这样的婚姻怕是没有多少男人愿意接受。合得来就合，不合就分，总是觉得自己委屈，并非长久之计。要是执意如此，恐怕不光要考虑他是否离异过的问题，还要考虑自己会不会也离婚的问题。

婚姻中的幸福感不是和人比较来的，如果一个男人对他的前妻好，对你也好，说明他是一个本质上就对人好的男人，这有什么不好呢？试图挖空心思地找出他对待你和别人的不同来肯定自己的地位，确定自己的唯一性，是不是有点太小孩子气了？实际上，只有思想发展停留在孩提时期的人，或者生活得特别不如意的人，才会试图通过"唯一、独有、专属"的"爱"来肯定自己的存在。这一点，和男性的处女情结颇为相似。

当然，换了谁都不会兴高采烈地这么嫁出去，只是在兴高采烈和歇斯底里之间，是不是可以找到一个平衡点，不至于伤害对方和自己呢？

Ayawawa
语录

★ 如果瞧不起对方，永远执意要对方付出更多的量，好乘以他原本不高的质，以便修成正果，这样的婚姻怕是没有多少男人愿意接受。

★ 只有思想发展停留在孩提时期的人，或者生活得特别不如意的人，才会试图通过"唯一、独有、专属"的"爱"来肯定自己的存在。

读者"从来不吃肉包子"提问 ─────────────★

　　我在婚后发现老公和他前妻还藕断丝连，还时不时偷偷拿自己的钱给前妻和他们共有的小孩花。以前我都装作不知道，直到最近，我发现家里银行卡上的三万元定期不见了，追问之后才知道他前妻得了肿瘤，他把钱拿去给她治病了。我大怒，吵着要离婚，他却满脸可怜相，不停地解释说她一个人好可怜，他舍不得她，等他挣了钱都是我们的。娃娃姐，我该怎么办？

Ayawawa
贴心回复

　　前段时间我看到了一条微博，大概意思是说在一段婚姻关系中，如果女生不能生育，那么男生一般都会选择离婚，如果男生不能生育，那么女生一般都接受了。我们是不是觉得在生活中发生这样的事情很正常呢？但是在现实生活中，我还看到过一个案例，男方在再婚的时候提出了一个要求：女方绝对不能有小孩。

　　我们都知道女性的生育价值大于养育价值，男性的养育价值大于生育价值。一个女人不能生育固然很惨，但是一个男人如果不能养育的话，可能连婚都结不了。而一个养育价值很高的男人，就可以在婚前非常有底气地提出各种要求，因为他自信提出这个要求之后女方不会拒绝他，即使拒绝了，他也可以找到条件和女方差不多的女人进入婚姻。你的老公在你们的关系中，就有这样的底气。

一个男人，有能力结两次婚，并且能够在他有婚史的情况下，让你喜欢上他，说明他有其他更吸引你的地方。换句话说，如果你的老公没有婚史，那么他很可能不会和你结婚。他有婚史这件事情，现在成了你的困扰，但是也成就了你的婚姻。既然你在结婚的时候接受了他有婚史的事情，那么就请接受他婚史的全部吧。

为什么找男友最好不要
"吃窝边草"

静静的现任男友是她以前男友的哥们儿。

开始的时候静静觉得其实也没啥，又不是脚踏两只船，恋爱自由，只是碰巧遇到了尴尬的情况。

她和前男友的感情不深，但谈恋爱时很高调，所有的朋友都觉得他们进展很快，谁知道最后分得也很快。

然后她就和现在的男友相处了，一开始也犹豫过，后来觉得男未婚女未嫁的，怕什么，就在一起了。他虽然在意，但静静想，感情深了自然就想开了。虽然其间他为这个不开心过，但是情绪过了就好了，静静也觉得以后慢慢会好的。

有一次他喝醉了，他们谈未来时他突然哭了，说不知道他们未来会怎么样。这话把她说怕了，她追问怎么了，他说，如果他们有一天分手了，他对不起她，希望她不要介意。还说有时候很想对她好，比现在更好，但怕他们没有未来。静静问，是不是他还在介意她和她前男友的事，他没有否认，还发火说，每次都不想和她说这个，但看她一副无所谓的样子就生气。他说静静根本不了解他的感受，男人99%都会介意这件事情。静静当时就给了他一巴掌，觉得他说话刺痛了她。

过了几天她想他了，就去找他。他们都没有再说那件事情，还是开开心心地吃饭、逛街。但是静静一想到那件事就害怕，觉得对方不想跟她结婚了。过几天他又没有音信了，当时她也没多想，就没有问他，现在想来，他可能是开心的时候想和她结婚，再想一想又迟疑了，因为他那天也和她这样说："如果我和你在一起，我这辈子都会纠结。"

说实话，就算一个女生大门不出二门不迈，身边认识的未婚异性起码也有百八十人吧？像静静这样那么精准地选择俩哥们儿，你们说这是什么概率啊？这么小的概率，要说那都是爱情，太难让人相信。感觉完全捡到篮子就是菜，挺不挑的。如果男人觉得和你之间不是爱情，那结果是什么？就是会觉得这段感情并没有那么神圣不可侵犯，可以选择放弃。

中国人有句老话，叫作"眼不见心不烦"。这句话具有非常深刻的现实含义。举个贴近生活的例子：去饭店吃饭，饭店把你旁边坐的那个人刚吃过的碗筷当场消毒之后再给你用，你心里会舒服吗？会不会要求服务员给你换一双？其实换来的那双可能被更多邋遢的人用过，但估计你也不会那么在意了。

说这两个例子的意思是要告诉所有的女孩："眼不见心不烦"这句话是非常有道理的。别觉得男人太小气，换个角度想，要是他的前女友是你的闺密，整天在你面前晃来晃去，你是否也能受得了？

的确，恋爱过不是过错，只是这么隐私的两人世界，突然变成三个人共享，是谁都会觉得憋屈。撇开这一点不说，一个不想和你结婚的男人，不放手还有什么用？要把自己拖死吗？俗话说"有舍才有得"，不肯舍掉这个 Mr.Wrong，就是在阻碍 Mr.Right 找到你。不要把只有一次的青春白白浪费在一段没有前途的感情上。即使最后他勉为其难地选择了和静静结婚，也未必是个好丈夫，心里有这么个疙瘩存在，出轨的概率估计要比正常的婚姻来得更大，到时是离婚还是不离婚？

另外，即使他以后慢慢不介意这件事情了，倘若有朝一日他犯了什么错，故意拿这个说事堵你的嘴，你又该如何处理？如果是我，我肯定选择放弃，为什么要让一个不是错误的错误变成一串错误？你得有多寒碜才犯得着让一个男人没事对你挑三拣四呀？

Ayawawa 语录

★ 恋爱过不是过错，只是这么隐私的两人世界，突然变成三个人共享，是谁都会觉得憋屈。

★ 心里有疙瘩的男人即使勉强和你结了婚，也未必是个好丈夫，因为心怀芥蒂的婚姻出轨的概率比正常的婚姻更大。

地下恋情该如何走到地上

前几天我收到一封读者来信，里面说到有个男人财大气粗，张口就要买她做老婆，当时便要拿她的户口簿去办签证，带她出国，给她父母买套楼房。原话是"他看重的是我这个人，如果只是想玩，没必要花这么多精力在一个其貌不扬的女孩身上，花点小钱就能买一屋子漂亮女人"。我的看法是可以接受，但是在接受之前，务必给他一点苦头吃吃。

这封信与另一个叫云云的女孩遇到的问题如出一辙。她刚毕业半年，在一家唱片公司的录影棚找到一个助理的职位，却恋上了公司的总监。

她的恋情和她工作的录影棚一样，整日见不得光。男友总在人前人后尽量避免和她有过多的接触，刚开始她以为是碍于身份，跟刚入职的手下拍拖多少会有损自己的威信，影响工作。他比她年长七岁，在娱乐圈里也算小有名气。云云不是一个成熟的女孩，却一直在劝自己，要理解他的处境。在一次同事聚餐中，她却听到了一个让她愕然的消息。原来她男友跟公司的投资人曾经是一对恋人，在女方的资金投入后，他才有机会拥有自己的录音棚，也是在她的人脉帮助下，公司逐步走上正轨。不过后来两人因为性格的原因和平分手了，至今仍是好朋友。当时在场的同事都像传八卦一样有说有笑，唯独云云一个人在角落里呆若木鸡。

聚会后，她给他打了电话，问了他以前的事情。他几乎是毫不犹豫地回答，过去的不再重要，重要的是现在的他对她是真心真意、忠贞不贰的。而且他的前女友也知道他们的恋情，只是因为他们两个人之前的恋情人所共知，而她目前还处于单身的空窗期，无论是出于颜面还是公司形象的需要，都不希望这段总监与员工间的恋情曝光。对他来说，维持这个录音棚确实需要她的资源，一旦跟她关系闹僵，对他的事业发展将极为不利，所以他答应了她的要求。

让云云感到万幸的是，男友并没有始乱终弃，或是如她之前在胡思乱想中猜测的那样，撞上爱人另有家室之类的电视剧情节。知道真相后反而让她进退两难。在通电话之前她想过，如果对方旧情未了，就一定要斩断和他的情丝。但现在男友和投资人的感情不在，只是迫于利益关系，不得不对他们的交往有限制。如果她真的爱他，总要成全他吧，况且她也是公司的一员，公司利益与她息息相关，所以在想到更好的解决办法之前，她选择了维持现状。

几星期后公司内部公开征集新歌，云云一直有往文案方面发展的打算，就投了一份作品叫《不见光》。没想到这首歌给她带来了麻烦，男友找她谈话，希望她能从公司辞职，说只有这样才是保全他们感情的最好办法。他的前女友作为公司高层也看到了她的歌，当即不悦，认为她故意所指，想要让公司里的人知道她和他的关系。纸包不住火，公司里开始逐渐有了关于她和他的流言。男友向她保证从未动摇过对她的心意，但她的事业刚起步，换份工作也不会有太大的损失，而以他的职位和处境，放弃一切从头再来要消耗很大的成本。他对她写的那首歌也颇为抱怨，说："如果不是你那么折腾，就不会弄成现在这个样子。"

……

同样的两个故事，讲的都是以自我为中心的男人。但在云云的这段感情里，男友会觉得她更不重要，至少没有他的工作重要。这个男人很现实，从他对未来的考量和计划可以看出，云云并不会比他的工作或者前女友的感受重要多少。而她要的是风花雪月，是抛弃一切，这就是他们之间冲突的根本所在。

那么，这样的男人是不是就不能要呢？让我们来分析一下吧。往好里说，他之所以不能改变现状，是因为他手里拥有得很多，如果他变得一无所有，恐怕云云也不会爱上他。往坏里说，大概是因为他坚信自己是女方所中的头彩，即使他对女方的感情没有上升到愿意为她放弃事业的地步。在他的眼里，云云宁愿委曲求全，也要和他在一起，永远不会对他说"不"。这一点就好像在文章的开头提到的那个男人，他吃定了那个女孩，认为自己哪怕言辞上对她不恭敬，她也会甘之如饴地接受。

这样的男人，不是不能要，但不能这么轻易地要，如果让他一帆风顺，他会加倍笃定自己的判断，加倍吃定你。永远不会想到你的委屈——更可怕的是，云云的男友完全没有为她打算的意识。所以即使换了工作，之后也不妨试着忽略他、冷落他，多和朋友出去玩儿，多认识一些别的优秀男生，投入自己的新生活中去，让他主动来靠近你。

如果他认可你是他想要的人，他会努力来挽回的。如果他没有试图改变这样的局面，我只能说，这个男人一开始对你的态度就含着轻视，这样的男人不要也罢。

说句难听点的，要是真爱不需要牺牲，那些殉情跳楼、离家出走甚至不惜和家里断绝关系的男男女女，岂非都是宇宙无敌的超级大傻瓜？更何况区区一份工作，离了那个女人他就活不了了吗？要靠兜售暧昧和表面上的恋情来维持自己的公司，究其根本，和吃软饭有什么两样？

Ayawawa
语录

★ 太以自我为中心的男人，不是不能要，而是不能轻易要。如果让他一帆风顺，他会加倍笃定自己的判断，永远想不到你的委屈，加倍吃定你。

★ 如果一个男人一开始对你的态度就含着轻视，这样的男人不要也罢。

延伸阅读 什么样的女人最容易被男人"吃定"

在恋爱中别无选择的女人，才会被男人"吃定"。

那什么样的女人在恋爱中别无选择呢？MV低的女人。

什么样的女人会进入一段别无选择的关系呢？贪心的女人。

所以MV低又贪心的女人，才会在一段毫无选择的关系中挥霍自己的青春。

我们经常看到有些女人在一段恋情中毫无选择，他们的感情见不得光，她却毫无办法；他总是给前妻的孩子打钱，她一点都管不了；他约会会迟到，说推掉邀约就推掉邀约，她开始指责，他却是一副无所谓的态度。

上面所说的这些感情，最后还都继续下去了，因为女方的MV低，离开了这个人之后，她们再也找不到更好的对象，她们别无选择。

一个男人，如果足够喜欢你，会风雨无阻地来见你，会无时无刻不想着你；一个男人，如果足够喜欢你，会珍视你和你的青春，能容得下你那些小脾气、小心思；一个男人，如果足够喜欢你，不会觉得你的发嗲肉麻，不会因为你的发怒厌烦；一个男人，如果足够喜欢你，会想要和你携手走进婚姻殿堂，将自己的下半生忠实地拴在你的左手无名指上；一个男人，如果足够喜欢你，会想和你有一个共同的孩子，一起看着他慢慢长大；一个男人，如果足够喜欢你，会克制自己的欲望，忠于你和你们的家庭。

只有在他不那么爱你的时候，他才会"吃定"你，在一段关系中为所欲为。而且正是因为他知道即使他这样做你也不会离开他，他才有这么足的底气。

而这个男人，很有可能远远不是这个女人可以匹配的，她只有把自己的百依百顺作为礼物双手呈上，才能得到留在这段关系中的机会。也许"被吃定"对她来说，已经是一种恩赐了。

女孩 N 和男孩 S 是通过朋友介绍认识的，目前只是在网上交流过。S 比 N 大三岁。

两人相处，女孩对男孩的好感更多，应该算得上比喜欢还多很多。彼此感觉都很好，却没有见面。S 说想见她，也约好了见面的时间，可是他后来告诉她，他还有一个喜欢的人，不过那个女孩已经有男朋友了，他觉得有点难过，但是他也喜欢 N。他说，他对那个女孩只是很久以前的喜欢，没有爱。N 很失望，跟他生气，说要离开，他却一直不肯，求她原谅。在这种情况下的女孩，要怎么办？

这是我一看到就想快些跟大家分享的问题。用最坏的恶意来推断，我觉得 S 是在给女孩打预防针。预防针又叫"最终解释权"或者"免责声明"，是男人给自己留下的最好的退路。给女孩打预防针的目的是：当交往一段时间之后，他对这个女孩有任何不满意，都可以很自然地脱身。尤其是在得到这个女孩之后，一般男人会有个感情上的不应期，这时候他会很诚恳地告诉女孩：我很努力地试着爱上你，可是我失败了，我爱的还是她。当然，实际上他谁都不爱，只爱自己。

无论任何时候，女人要牢记：一个男人说爱你，不见得是真爱你，可是倘若他没有说爱你，或者说不爱你，那就一定是不爱你。谁都不是圣人，被欺骗之前有时真的是没有征兆的，但是最好在一开始就躲开这些有问题的人，或者尽量不被第二次欺骗和隐瞒。不要爱上不值得的人，不要爱上自己的付出，不要爱上已经无法挽回的损失，不要爱上不足够的温暖，不要把不甘心当成爱。

我们想想看，要是他真把对方当成心肝宝贝，哪敢用这样的事情吓唬她？难道不怕她跑了？所谓的"诚实"，有时实际上是有恃无恐，因为觉得对方爱他多一点，所以即便说了"实情"，对方也不会跑掉。他并没有把对方当成很难得到或者失去了会很可惜的一个对象。

当然，要解决这个问题也不难，一句话：不要和他发展得太快。在正式确定关系之前再看看别的人选！他要是老提进一步身体接触的要求，就告诉他：你的过去让我觉得很茫然，我还不确定你是否是我想要的那个人，再等等看吧。一定要逼得他每天把"我爱你"这句话当成口头禅，说得他自己都深信不疑才行。这是营销学里"顾客承诺"和"一致性原理"在现实生活中的运用，不用理解，会用就行。当然，切记不要被花言巧语所迷惑，除非到了"纵被无情弃，不能羞"的无怨无悔的程度，才能和他有实质性的进展。

Ayawawa
语录

★ 无论任何时候，女人要牢记：一个男人说爱你，不见得是真爱你，可是倘若他没有说爱你，或者说不爱你，那就一定是不爱你。

★ 不要爱上不值得的人，不要爱上自己的付出，不要爱上已经无法挽回的损失，不要爱上不足够的温暖，不要把不甘心当成爱。

读者"从来不吃肉包子"提问 ————————————————————★

本人今年 24 岁，刚开始和一个大八岁的男人交往，他问我有啥要求，我说只要对我好就行了。他说会对我好，但要体谅他的工作，因为他的工作需要经常出差，会聚少离多……如果接受不了，就只能做朋友，你觉得这是啥意思？我心里挺不爽的。

Ayawawa
贴心回复

既然这个男人能和你说这样的话也不怕你跑掉，就说明你在这段关系里不具有任何主动权，从你的表现也能看出来，你只是觉得不爽，并没有离开这个人。

如果你想要把这段关系继续下去的话，他会不停地提出你不能接受的各种要求，一直让你不爽，而你只能一直委屈下去。如果你想要在一段感情中不委屈的话，那就离开他。

————————————————————————————————★

为什么不要和
曾经跪舔过你的男人在一起

　　L 和 T 是高中同学，准确地说是密友、死党，曾经无话不说、形影不离。当然，用周围人的话说就是，L 是班花，而 T 一直尽职尽责地扮演着一片合格的绿叶。当年的 L，漂亮、优秀、光彩夺目，而 T 是那种各方面都很平平却很乖巧的女孩子。L 之所以能跟她成为好友，主要也是因为她的体贴和善解人意。

　　后来，L 顺利考进了 F 大学，T 则进了一所民办大学读大专，但他们仍然是很好的朋友，因为两家住得近，而且又都不住校，所以常常约在一起玩。大学里，追 L 的人很多，她常常拉着 T 跟他们一起出去玩，还经常开玩笑地把那些自己看不上的男生撮合给 T。Y 是当时 L 的追求者之一，而且追了她很久，从大一到大四，一直在身边默默地帮她做许多事情，没有表白，但会让她知道他一直在等她。到后来，L 几乎都要把他当作自己最可信任的朋友了，她也常常带着 T 跟他一起玩。她们三人的关系都还不错，但大家也知道，这三人关系的中心是 L。

　　Y 的痴情与坚持固然让 L 感动，但当时心高气傲的她只想找一个能收服自己的男人。这个男人在她实习的时候遇到了，他比她大七岁，是她实习时的部门经理，成熟，幽默，又有魄力，她对他几乎是一见钟情。陷入热恋后，她主动疏远了 T 和 Y，也因为男友不喜欢，更主动拒绝了 Y，并不再跟他联系了。

　　大概过了一年，有次跟 T 一起吃饭，她犹豫着告诉 L，她现在跟 Y 在一起。L 当时听了一愣，心里觉得很不舒服，虽然从来没喜欢过 Y，但想到一直对她那么好的 Y 以后就跟别的女人在一起了，还是很失落的，而且这个人还是她最好的朋友 T。但她没有把不快表现出来，祝福了他们就分别了。从那以后，就像心照不宣一样，她跟 T 再没联系过，各自开始在自己的爱情中沉溺。

六个月后，她跟男友分手，T 和 Y 却领了结婚证。他们结婚时邀请了 L，不过她没去，不想让他们看到她倒霉的样子。

接下来的几年里，L 陆陆续续地又谈了几次恋爱，不过因为种种原因都没修成正果，有时候很怀念 Y 那时对她的痴情。T 跟 Y 过得很好，买了房子和车子，还有了女儿。据说 Y 的事业发展得很好，跳了几次槽就跳成金领了。L 的妈妈常常感叹："人啊，就是个命！你看看 T，样样不如你，相貌、学历、工作，可是人家嫁得好呀，你看看你，唉！"听得 L 心里烦得要死。

后来的一次同学聚会上，知道 T 要去，L 也特地去了，就想看看她现在什么样子。其实，她跟原来比没什么太大变化，还是那么普通平凡，但是她的神情、气色都非常好，一看就是身心舒泰的幸福样子，这幸福有点刺痛了 L。

L 发消息给我，说前段时间在一个场合遇到了 Y，之后他们又见了几次。她说能感觉到 Y 对她还有感觉，而且他现在比以前更成熟、更有魅力，她觉得自己对他有点动心，并且感到只要她用心，还是可以得到 Y 的。她很挣扎，要不要那么做？一是不想自己做小三，二是分不清自己是因为嫉妒，还是真的对 Y 的感情越来越强烈。

我觉得有一个问题很值得讨论，如果 L 当初和大她七岁的部门经理成就了一段姻缘，过得比他们幸福十倍，她还会不会在这个时候想起 Y？

答案当然是否定的，恐怕她顶多会把 Y 当作一段值得吹嘘的经历，没事拿出来对老公撒撒娇。

L 没想到的是，自己竟然被梦想抛弃了，在这样的情况下，当然会想急着抓一根稻草来救命。这个时候，Y 又恰好出现，遇到了想要重拾信心的 L。

一切都显得那么巧合，但我必须提醒 L，她其实并不爱这个人。她想要的是 Y 可以带来的附加值：一个温暖幸福的家和孩子，再掺和一点不甘人下的情绪，意欲通过打败昔日的手下败将来寻求心理平衡。当然，她因为这样的感情而自责，觉得自己卑鄙，于是在这之上又冒出对 Y 的怜惜，用以掩盖自己内心的恐慌和空虚。这些就是她对 Y 的全部感情，仅此而已。

女人特别容易犯傻。俗话说"好马不吃回头草"，为什么？意思就是马回了头，草未必还在，何必掉头回去落个笑话？像 L 这样，跟昔日跟班展开战争，赢了也未见得光彩。他当年没有非你不可，现在更不会非你不可。今时不同往日，你真以为他对你那些仅存的感情足以让其忘却你曾经给他的羞辱，不考虑妻子对自己的好，抛下现在的安稳生活和小孩与你重新开始？拜托，你见过谁家错过了录取时间的考生，还能重新填报志愿的？

有句话叫作"只看见贼吃肉，没看见贼挨揍"。男人在恋爱的时候是不理智的，但在婚姻方面是异常理智的。当年 Y 沉迷于 L，T 要花费多少心血才能得到这个男人，让他甘愿放弃心上人，和她共筑一个温馨小巢。即便她自身条件只能打 60 分，L 可以得到 90 分，那这两个人对于 Y 付出的各自又是多少？算一算自身基数和付出的乘积，我们就会知道，L 和 T 比起来，现在差得不止十万八千里。再者，一个曾被自己轻视、忽略、弃若敝屣的男人，凭什么还能不计前嫌、一如既往、抛家弃子地重新来爱你？

在婚姻这档子事情上，男人泡妞和换老婆完全是两码事。他现在的喜欢与当年的喜欢迥然不同，当年那种纯纯的爱还剩下多少？谁都不得而知，但是一定会少于 L 的期望。不信对他说一句：你离婚来追求我吧，我可以考虑嫁给你。看他会不会愿意？

如果 L 够聪明，就应该趁早撇开过去的风光，审视一下现在的自己，还剩下多少资本，赶快寻觅自己的幸福去。俗话说"好汉不提当年勇"，这句话的潜台词是：一直活在过去，想着、念着当年勇的你已经不是那个好汉了。

友情提示：在他心中做一个美丽的女神，让你的倩影成为他此生的梦吧。

一旦你走下神坛和他短兵相接，恐怕你会遭到被他玩弄并抛弃的下场。希望不要到时候自我安慰说"那是一段美丽的过错"。

Ayawawa
语录

★ 男人在恋爱的时候是不理智的，但在婚姻方面是异常理智的。

★ 一个曾被自己轻视、忽略、弃若敝屣的男人，凭什么还能不计前嫌、一如既往、抛家弃子地重新来爱你？

NO 1　爱真的很像一场修炼，修得正确，取到真经，内心圆满；修得不好，走火入魔，内心失常。如何衡量一个人是否修行得当呢？看她是否有攀比心，是否急于证明自己，是否内心平静。

NO 2　喜欢一个男生，建议你展示自己以便吸引他，不要试图去追。有人会问："如果吸引不到怎么办呢？"吸引不到就说明他不在你的长择对象范围内，你应该把眼光放低一些。有人会，问"不甘心怎么办呢"，不甘心那就滥用一下女性性别优势好了，女追男隔层纱，但这样的感情未必长久。长择的时候，无论男女都做不到所见即所得。

NO 3　男女双方不应该是敌对的，遇到问题不应该剑拔弩张，也不应该压抑自己，更不应该忍耐和妥协，而是相互理解和支持。带着感恩的心去生活，去恋爱，去和你的爱人相处，自然就会变得更好。

NO 4　待人处世不是给人压力、给人逼迫，就能成功，就能获胜。疾言厉色或者使用暴力是无法令人心服口服的，反而是要给人温暖、安详、尊重、爱语，让人心生欢喜、心悦诚服才是胜利者，在亲密关系中更是如此。

NO 5　情绪价值、观赏价值、养育价值、生育价值。这是两性关系中的几大价值。想想看，你能为对方提供什么，想要对方为你提供什么。

NO 6　在择偶期，女性要迟钝一些，低估男性对你的好感。这样可以屏蔽掉逮谁都抛媚眼的暖男，从一堆人里面筛选出对你有重大热情的男生，后者更容易对你进行长期投资。

NO 7　"我不图你的钱和地位，只要你对我好一点就满足"的女性，其实要的是"忠诚"，而"忠诚"和"财富"（钱和地位）、"帅气"（性吸引）一样，都值同等价，而且排他存在。

NO 8　男人急色给女人带来的不适感，就像女人恨嫁给男人的不适感一样。所以急色的男人往往爱对恨嫁的女人下手，恨嫁的女人特别容易遇上急色的男人。因为是同类，所以容易走到一起。

NO 9　女人经常会因为爱上了一个不错的男人而抬高自我价值，认为那样的男人才配得上自己。殊不知，会跟你保持最长久热情和忠诚的男人，他所在的地位和阶层，才代表你在婚恋市场上的真实价值。就是说，你不想嫁的那个男友和类似他那样的人才是最可能娶你的。让你迷恋、沦陷的男人是你高攀不起的。

NO 10 姑娘问：如何崇拜各方面都不如自己的男生？问题是你为啥要崇拜各方面都不如自己的男生呢？如果你是一个优秀的女生，只要待的不是女子集中营，身边应该有一堆优秀的男生吧？找一个让你崇拜的呀。

NO 11 你介绍自己的朋友是亿万富翁，再说自己是司机，别人都不信，觉得你很幽默。你介绍自己的朋友是司机，再说自己是司机，别人都觉得正常。所以姑娘们，不要总在外人面前践踏和批判自己的伴侣。

NO 12 情感表达有障碍的人，感情上是很容易栽跟头的。情感表达障碍本身就会误导对方，不了解你的情绪走向，坏的会继而踩踏你的底线，好一点的也会无视你的情绪。两个有情感表达障碍的人在一起，简直就是一场灾难。

NO 13 单偶制的男生就是比较挑剔，不会来者不拒。就算和他们差不多的女生，他们也看不上，因为他们认为自己的未来发展会很好，所以看着不赔不赚的生意他们不做。多偶制的男生就会大幅度地降低择偶要求，反正不把鸡蛋放到同一个篮子里。

NO 14 无论爱情还是职场还是市场还是什么地方，从来都没有以小搏大的故事。以小搏大就意味着巨大的风险。

NO 15 通常情况下，越是条件不好的男人越花心。他们面对女生的那种楚楚可怜和自卑，说担心自己配不上你，说没想到你会喜欢他……这些都只是引诱圣母们自投罗网的饵，不是真的。他们就是靠这个来吸引一拨拨的女人的。

NO16　先有"反正男人也不靠谱，不如找个帅哥，自己养孩子"的心态，然后就会有不靠谱的男人出现。

NO17　那些感情上有问题的女孩，其实日常生活中的人际关系也是存在一定问题的。只是显示得不够明显，可能只表现为朋友少、短择多。但是同样问题落到亲密关系里，后果就大了。这就好像疾病不会让你的大腿（普通人际关系）变难看，却会让你的相貌（亲密关系）变糟糕。

NO18　婚姻就像人体一样有自愈功能，不过你不能没事总捅它一刀！

NO19　少女时期的高心气，可以保护你不太早迈入一段关系，能等到成熟一些再慎重做出选择。就好像果子没有成熟的时候青涩甚至有毒，保护自己不被贪吃的各种嘴巴吃掉，一直到它们成熟之后，再散发出芬芳发出邀请，让鸟儿把它们带走。遗憾的是，有的果子一直停留在青涩期……

NO 20　在爱情里，你的眼泪大多源于你曾经的狂妄或者此刻的卑微。

NO 21　男友犯错要惩罚吗？要。但"惩罚"的同时，你的心中要有爱。让他锻炼21天身体或者改掉一个你不喜欢的坏习惯，这些都是"惩罚"的方式。实在想不到可以让他先写张"停止生气一次"的欠条给你。不要一味地用花钱这种单一方式解决问题。尤其是对方没有涉及亲职投资分散的错误，不建议用花钱的方式解决。

NO 22　付出时心甘情愿，得到时受宠若惊。总爱记得对方对自己的好，不去计较自己的付出。这样的感情才能长久、美满。

NO 23　不要再停留在一段你不满意的感情中。你要价太高，他不肯加价，再勉强在一起也不会幸福的。

NO 24　因为我矮 / 丑 / 穷 / 家庭破裂 / 文化程度低，所以想找个高 / 靓 / 富 / 家庭和睦 / 文化程度高的以弥补我的缺陷。有这种思维的人，很难找到合适的结婚对象。

NO 25　如果一个男人觉得他的青春比你值钱或者和你差不多值钱，他就会觉得"陪伴"你这样的就叫"长情"了。你们的情路很容易出现"长择异常"。

NO 26　被欺骗和损害后，强大的女人示弱，强势的女人发飙。

NO 27　就像工作没有贵贱一样，各种婚姻模式都没有好坏一说，你喜欢
　　　　就好。

NO 28　两人吵架之后，为什么有的男人愿意哄女朋友，有的男人不愿意
　　　　哄女朋友？有的男人一开始愿意哄女朋友，慢慢不愿意了；有的男人
　　　　一开始不怎么哄女朋友，后来慢慢愿意了。你们知道原因吗？因为男
　　　　方的行为在于女方的诱导：他哄你，不是原则性的错误就原谅他，大
　　　　家都高高兴兴的，这是正强化。他不哄你，你就不理他，最后他就习
　　　　惯哄你了。但有的女孩做法是：哄她她更作，非要把老账都翻出来，
　　　　不哄的话反而过几天自然就消气，甚至害怕分手掉过头来找台阶下，
　　　　久而久之，男人就不乐意哄你了。

NO 29　总想揭穿对方身上人性的弱点，这不是聪明，而是气度不够。

NO 30　你的焦虑和担忧，意味着你当前的行为很可能导致一个不好的结
　　　　果。想办法改变它。

NO 31　保护欲是长择的重要指征，当男人愿意做到对你和孩子双重保护
　　　　的时候，他就会是最优秀的准爸爸。

NO 32　处于长择状态的男性会不时探测女方。用各种方式问你，他到底
　　　　是供养者还是情人。如果你连续"答错"，无论故意还是无心，几次
　　　　下来就比较麻烦了。应对的"心法"是时刻保持感恩的心态。

NO 33　如果你回想一段遭遇，觉得恶心，觉得自己瞎了眼，觉得自己运气不好遇到了渣男，同时你依然不知道下一次会不会遇到渣男，害怕自己会再度遇到而不敢去爱，那说明你这段苦白吃了。

NO 34　分手的时候，一定要说"是我不好"。很多人会说"凭什么啊，明明是他（她）对不起我"，就算是吧，但你换位思考下，你会怀念一个说"是我不好"的前任，还是怀念一个说"都是你对不起我，不然我们不会走到这一步"的前任。将心比心吧。

NO 35　两性关系中，什么是占上风，什么是处于下风？占上风就是对方需要你的程度胜过你需要对方的程度。处于下风就是你需要对方的程度超过对方需要你的程度。在前一种关系中，你始终很有安全感，不易做噩梦。在后一种关系中，你强颜欢笑，虚张声势，张口闭口男人算什么东西，总想证明给别人看，自己活得很好。

NO 36　如何衡量一段恋情的成功与失败？是以是否结婚为标志吗？不是的！如果你回想这段恋情，它让你成长、让你感恩，那这段恋情就是成功的。如果这段恋情让你忿忿不平、让你怨恨，那这段恋情就是失败的。

NO 37　我们呼唤无条件的爱，但爱都是有条件的。只是大多数时候这个条件已经被满足，所以矛盾并不突出。如果一个人不能理解这些，遇到矛盾浮现的时候就容易以假爱之名行恶。

NO*38*　任何捧着你、让你自我膨胀的行为，都容易损害你和伴侣的亲密
关系。因为阿谀很容易让人误判自己的价值高于伴侣。可怕的是，很
多人往往不知道什么是正确的评判，什么是捧你。

NO*39*　问：男友自卑，怕我跟别人跑了，紧紧盯着我，时常发生摩擦。
有优秀的追求者出现，他就怀疑我，说我肯定会和人跑了，咋办？答：
成全他，和他分手，他就获得满足了。不然他会盯你一辈子，直到验
证预想为止。

NO*40*　女方降低、消减自己性吸引力的做法有哪些呢？　一、表现出很强
的控制欲，二、表现出低配偶价值，三、表现出不合格又强烈的母性，
四、表现出性开放的态度。

NO*41*　凤凰男和孔雀女一般都是自信心很强的，都会高估自己的价值，
所以他们常常走在一起，因为是同类。遗憾的是，他们到后来总是相
互厌弃，因为都觉得自己付出太多而对方付出太少。

NO*42*　什么男人会打女人呢？一般被打的女人嘴都巧，打人的男人嘴都
笨，当男方觉得在这段关系中自己落了下风，想重新争回上风但又无
能的时候，他们就会使用暴力。此外，当男方很多地方不如女方，经
常需要和女人竞争，他就会忘记庇护女人的天性，把你当成竞争者来
对待，动用自己的原始动物本能来和你争夺胜利。

NO*43*　很多女孩以为"容易爱上对方"是一种被男人欣赏的好品质。大
错特错！从来没有哪种顺着天性的情绪是被人欣赏的好品质，贪吃、
贪玩、不爱学习都不是，容易爱上对方一样也不是。

NO 44　情侣之间常常有关于信任的矛盾。其实两个原则就可以解决问题:
1. 选择你所相信的，2. 相信你所选择的。第一点是说，当你已经不信任，
则尽早不再继续选择她（他）；第二点是说，如果已经选择了她（他），
就别整天疑神疑鬼的了。

NO 45　有时候，你所以为的婆媳问题，其实很可能是你和老公两人矛盾
的薄弱点和突破口，只是由第三方替他挑明了而已。一段健康、积极
的夫妻关系很难会有重大的婆媳矛盾。就好比湿柴烧不起来，干草才
会一点就着。

NO 46　当男人试图把责任抛给你的时候，要后撤、决绝、哀伤、柔弱。
不能强势，不能做主，不能怂恿，不能担责任。这是解决的最佳办法。

NO 47　允许对方犯错、变卦甚至背叛，这是自我强大的表征，是锤炼和
提升情商的最好机会。这个允许，指的不是容忍，而是有应对解决乃
至报复的方式，而不是因为别人的错误导致自己的情绪激烈波动、勃
然大怒或痛不欲生。

NO 48　男方想分手，未必会主动提出来，而是会想方设法让你受不了，
由你来提出分手。

NO 49　女人应该比男人更努力地去维护好你们的婚姻，不能指望男人比
你对此更上心，因为不符合规律。当然，也有男人会很积极地维护婚姻，
但你不能寄希望于自己运气会那么好。

NO 50 女人的最终幻想，不外乎是一个众多女人喜欢他，而他只爱自己的男人。其实说白了，就是希望男人只对自己一个人有欲望。但是，您要的产品缺货已经很多万年了。

NO 51 因为一些事情哭闹折腾，导致对方疲惫不堪，选择冷处理甚至主动放手，然后又觉得不能没有对方，跑回去重新和好。这是典型的自己杀自己价的一种。男女均适用。

NO 52 无论男女，提要求都显得姿势不好看。最好的是做好自己，和厚道人相处，要么不提要求，要么一提你就知道对方肯定会答应，不会让你架着下不来。打比方说，老板知道外面有人一万块来雇你，会只给你五千薪水死活不肯加两千吗？

NO 53 女孩高攀容易招短择，很难得到婚姻。有的妹子不愿意正视这个现实规律，把高攀的生理冲动美化成真爱，但又不愿意接受愿赌服输的短择结局。

NO 54 对于犯错的老公，什么是惩罚？离婚是唯一的惩罚方式吗？不对。用离婚来惩罚对方，意味着你把自己摆在"被追求""被需要"的位置上，没错，这是女性的性别优势。但女性性别优势并不是任何时候都能生效的，因为并不是所有老公所有时候都需要老婆、想和老婆过下去的。你提离婚没准儿正好中对方下怀。

NO 55 男人高估自己，就被骗钱；女人高估自己，就被骗色。

NO **56**　如果你很好，他就会爱上你，越来越爱你，而且只爱你一个人。如果你自己不够好，却还期待得到一个很爱你的男人，那就会得到一个博爱的男人（的一部分爱）。

NO **57**　女人的好是太阳，男人的好是月亮，月亮只能反射太阳的光，自己是没法发光的。自己发光的那种男人，就不会只照耀你一个人。

NO **58**　女生选择短择，可以得到更好的性伴侣，经济利益或者地位提升。选择长择，可以得到稳定的长期关系，生殖利益得到保障。最怕的就是把短择当成长择，然后就会很痛苦，还会怀疑自己，散发怨气。

NO **59**　什么是伴侣价值，伴侣价值怎样衡量？在每个人心里，都有一个通用的标准，有的特性高比低好，比如财富、教养；有的特性少比多好，比如懦弱、吝啬；有的在某种程度上有加分，但过犹不及，比如学历、身高、智力；有的特性男女有别，比如长相、花心、不良嗜好。这些特性大体上能划分出一个人受欢迎的程度。

NO 60　每个女人都一样，天生容易为不该继续发展但诱人的感情伤神伤时间。在这个时候，忍住的是女神，忍不住的是剩女。

NO 61　在爱情上面，任何让你感觉难受的做法，比如虽然心动但坚持不主动联系对方，比如不挖苦、讥讽、瞧不起对方，比如不记仇、不唠叨，如果对方提出分手不苦苦纠缠，不死缠烂打……这些对女性而言都是加分项。扪心自问，你做得到多少。

NO 62　姑娘们，别用"我提分手可他不同意"这种话骗自己了，那分明是你自己不想分，等着对方给你个台阶下而已。分手从来不需要对方同意，只要你自己决定就好了。

NO 63　恋爱中，两个人吵架了，应该谁先主动开口要求和好呢？当然是更需要对方的人开口要求和好。闹分手，应该谁哄对方呢？当然是更需要对方的人开口哄对方。一方出轨，应该谁做出改变挽回婚姻呢？当然是更需要对方的人做出改变。如果你觉得这样的关系委屈了你，那么你需要去找一个让你不那么委屈的人。

NO 64　有的女孩不愿意改变，是因为害怕自己哪怕改变了对方也走掉，反衬自己更失败。索性装出我不在意，你走了就不是真爱我的样子。就像明知复习了也考不好，还会被人说笨，不如不复习，背个不努力学习的名号。

NO 65　我们不能避免疼痛，但我们可以和它合理相处；就像我们虽然无法控制油然而生的好感，但我们可以用理智调整自己的爱情观，了解什么是爱，为什么我们需要爱，爱会在什么条件下产生，怎样让别人爱上自己，怎样避免深深地爱上那些容易给自己带来伤害的对象，爱上哪些人可以给自己和后代带来最大的幸福。

NO 66　爱情是人类进化进程中与生俱来的刻印，就像我们每个人的痛觉，见到优秀异性时那种怦然心动的感觉，不会因为你的理智而不发生。就好像说即使你知道痛是痛觉神经把痛觉感受器的感觉传到你大脑的结果，你也还是一样会痛。但我们可以学会避免去接触让人痛的事物，和痛觉合理相处甚至利用痛来成就自己。

関于话术的 **33** 个小技巧

NO 1　有个女性朋友，她一直喜欢一个有女朋友的男生，该男牛一直与她态度暧昧。

　　某一天，有朋友给此女安排相亲，此女带着试探的心思跟男生说了，男生说："你说过要在我这儿排队，现在不排了？"

此男用意/反将女方一军，加深女方的负罪感，撇清自己的责任。

Ayawawa 点评　★此类男人一般喜欢扮猪吃虎，容易激发女性的母性，事后喜欢推卸责任、装可怜，记住：可怜之人必有可恨之处。

最佳话术　啊？我什么时候说过？哦，大概是吧，我看见帅哥都这么说。

NO 2　　一个女孩子，喜欢一个比自己差不多大一轮的老男人。老男人很少给她买礼物，始终说她很精明，还喜欢说："一个女人真正爱上一个男人的特点就是为他省钱。"

　　此男用意／给女方洗脑，让女方急于自我表现和剖白，从而对上其不愿意付出太多代价的胃口。

**Ayawawa
点评**　　★此类男人一般老谋深算，不要相信他的"失望"，他的失望都是装出来的，是让你更廉价地出售自己青春的手段。

**最佳
话术**　　（天真状）那一个男人真正爱上一个女人的特点是什么呢？

NO 3　　22岁的嘉怡喜欢办公室比她大几岁的男同事。他对她一直很好，却从不肯开口表白。有一天嘉怡感冒，男同事又不离左右地照顾，她趁机试探，他却说："我当然要照顾你呀，我有两个姐姐（其实他是独生子），你是我的好妹妹。"

**Ayawawa
点评**　　★男生比女生更急着确立关系，才是一段发展良好的感情。现在既然这个男孩子不急着和你确立关系，说你是他的好妹妹，你就坡下驴和他做兄妹好了。接下来就可以以妹妹的身份要求他做一些事情，比如有男孩子追你，你就叫他帮忙参考，谁叫他是你哥哥呢！比如遇到麻烦了可以叫他帮忙解决，谁叫他是你哥哥呢！等到时间长了，他就会着急和你表白，因为他没有男朋友的名分，却履行了男朋友的义务，还要冒着你随时会被别的男孩子追走的风险，实在是不划算嘛。

**最佳
话术**　　太好了，我就想要一个像你这样的哥哥，你以后可要罩着我哦，我在公司里就仰仗你啦。

NO 4　　一个喜欢小 T 很久的男生终于跟她告白了。小 T 对他一直不来电，但考虑对方是个比较靠谱的结婚对象，就想接触一下看看。她是个没怎么谈过恋爱的女孩，面对对方"我可以追求你吗"的提问，她不知道应该怎么回答……

Ayawawa
点评

★ 面对这样的情况，我们先要判断这个男孩子是否恋爱经验丰富，一个恋爱经验丰富的男孩了和　个恋爱经验不丰富的男孩子说出的同一句话，所用的话术是不一样的。这就好比一个小孩说"地球不是球体"，那么说明他没有学习过这方面的常识，而一个教授说"地球不是球体"，那么他很有可能想表达的意思是地球是一个三轴椭球体，所以遇到具体情况要具体分析。

从女孩的表述"对方是个比较靠谱的结婚对象""对他一直不来电"可以看出来，这个男孩子很可能是一个没有什么恋爱经验的男孩子，所以引导他来追求女孩就好了。比如可以和他说："这是你们男人的事情，我们女孩子不是很懂啦，你要去问你的哥们儿啊。"

当然如果对方是一个恋爱经验丰富的男孩子的话，要让他知道你不是一个随便追追就能追到的女孩子，要和他说："追求女孩子是男人应有的权利，不管你追求谁都是你的事情，但是对方接不接受就是另外一回事了。"

NO 5　一男生跟 S 小姐暧昧了一段时间后，对她突然有些冷淡。S 小姐不明所以，问他怎么了，他说："我觉得你对我不是很热情。"

Ayawawa
点评

★ 从男生和 S 小姐暧昧了一段时间之后对她有些冷淡可以看出来，男生在这段关系中占据上风，从他说"我觉得你对我不是很热情"可以看出来男生对 S 小姐的需求度也不是很高，这两点说明 S 小姐在这段关系中没有主动权。在这种情况下可以和这个男生说："人家是女孩子，害羞嘛。"看能不能引导男生对 S 小姐付出。

当然一些话术可以引导这个男生对 S 小姐有更多的投资（包括时间投资和物质投资），但毕竟不是长久之计。如果 S 小姐还想和这个男生在一起的话，一定要意识到接下来自己在这段感情里也会像现在一样处于被动地位，她将会对这段感情有更高的需求感，会比一般的女孩在感情里付出得更多。

NO 6　　一个女孩子在网上认识了一个男生,刚见了两次,已经聊天很久了。
见面后彼此印象很好,他说他有一种相见恨晚的感觉,其实她也一样。
他约她第二天中午吃饭,说要跟她一起喝喝酒、聊聊天。她说,吃饭可以,
喝酒就免了。他就不高兴,说她跟客户喝酒就行,跟他喝酒就不行。

Ayawawa
点评

★如果我是这个男生,我知道你和客户一起吃饭的时候喝酒,
和我一起吃饭的时候却不喝酒,我也会不高兴。所以你要
让对方知道,你和客户在一起的时候也是不喝酒的。

最佳话术

我和客户在一起的时候也不喝酒,我们老板也知道,只是
在遇到一大群同事都在,不得不喝的情况下,才会喝一点。
我单独和男孩子出去,都不会喝酒的。如果我单独和客户
一起吃饭,肯定也不会喝。

NO 7　　女孩遇上了已婚男,对她照顾之余经常说: "从见到你的那一刻
开始,我的生命就充满遗憾,因为老婆的编制只有一个。"

Ayawawa
点评

★已婚男对女孩说的是典型的短择话术,如果女孩想说得难
听一点让对方死心的话,可以说: "你现在自杀去投胎,
没准儿下辈子可以投胎到一个一夫多妻制的国家,实现你
的愿望。"如果女孩不想得罪已婚男,可以说: "真的吗?
那你老婆知道这件事情吗? "把对方的家人牵扯进来,他
就会知道你不想和已婚男产生任何一点关系。

NO 8 大男和芳芳还在暧昧期。聊天的时候，大男问芳芳："你以后会查男朋友的岗吗？如果发现他背叛你，你会怎么办？"

Ayawawa
点评

★ 这是女孩需要表明底线的时候。

第一个问题实话实说就好。如果芳芳会查男朋友的岗，就说会查；如果芳芳不会查男朋友的岗，就说不会查。第二个问题是大男在试探芳芳，芳芳在这种时刻一定要摆出自己的底线，那就是如果发现对方背叛后马上分手，大男会因为芳芳的坚定对出轨这件事情有所忌惮。

NO 9 读者 Amigo 提问：我一直很喜欢我大学的一个学长，他长得阳光、帅气，但他一直不知道我喜欢他，也不认识我，我怎样搭讪才能让他注意到我又不反感我呢？

Ayawawa
建议

★ 以小学妹的身份去接近学长最合适了，通过和他讨教他比较拿手的问题的方式和他建立联系，是一个不错的选择。

最佳
话术

学长，我是 ××× 级的学妹，我有一个问题不是很懂，听说你在这方面比较拿手，所以来请教你，你能给我五分钟的时间吗？

NO 10 读者四四小姐提问：娃娃姐，遇到心仪的男生，第一反应就是想知道他是不是单身，可是跟他不熟，也没什么共同的朋友，怎么才能知道这一重要情报呢？

Ayawawa
建议

★ 你可以请他帮一个小忙，在他帮完你之后，你用表示感谢的理由送他一个明显是女性才会用的东西，同时和他说"这是送给嫂子的"或者送他一对情侣才会用的东西，和他说"这是送给你和嫂子的"。如果对方是单身的话，他就会告诉你他是单身；如果他收下的话，那就说明他已经有女朋友了。

NO 11 读者方敏提问：男神是直男，每次我想让他体贴我一下，我一般会说："下班的时候能载我一起回家吗？如果顺路的话。""能帮我带一份米肠吗？如果方便的话。"结果他每一次都忽略我的请求。请问要如何跟他提要求，他才能把我的话当回事？

Ayawawa
建议

★ 你和你的男神表达的意思是：如果顺路的话，你能不能载我回家，以及如果方便的话，能不能帮我带一份米肠。如果对方确实"不方便""不顺路"，那么你肯定得不到你想要的结果了。其实你真正想要的是，希望对方顺路带你回家和对方给你带一份米肠，不是吗？只有你直接表达自己想要的东西的时候，对方才会给你。

最佳
话术

下班的时候可以载我一起回去吗？我知道可能对你而言会有一点不方便，但是能不能满足我的这个小小愿望。当然如果你实在不方便的话，我也能理解。

NO 12 读者小邱提问：娃娃姐，第一次相亲的时候应该跟对方聊什么才
不至于冷场？上一次相亲，对方是一个很能说的人，我一直听他说，
间隙的时候也会给一些回应，但他说我的性格太内向，跟介绍人说和
我聊不到一起。其实我是一个很外向的人……

Ayawawa
建议

★ 网上有一篇《答完 36 道题后爱上你》的文章，里面的很
多问题都可以在相亲的时候向对方提问，让对话变得有意
思起来。建议你找一下这篇文章，从里面挑选一些问题作
为相亲的时候的话题，有了话题相亲就不会冷场了。不过，
你现在遇到的情况有可能不是你的性格太内向，对方和你
聊不到一起去，而是他见了你之后不喜欢你，所以用"性
格太内向"这句话作为托词拒绝你。

NO 13 读者索米亚提问：相了几次亲，对方总会问"你之前交过几个男
朋友"，这个要怎么回答？

Ayawawa
建议

★ 我们不建议女孩子在恋情中说谎，所以如果你交往的男朋
友的数量不多，可以和对方实话实话。如果你交往的男朋
友数量很多，你可以和对方说："你是担心我现在没有处
理好和前男友之间的关系吗？如果是这样的话，你不用担
心，我已经做好了开始一段新恋情的心理准备，并且我和
我的前男友已经没有任何来往了。"

NO 14　读者萨米提问：对方经常会问跟前任是怎么分手的，初次见面，不想直接回答得那么具体，可以用什么方法绕开，或者看似回答却不会为自己以后造成什么不良的影响呢？

Ayawawa
建议

★ 对方问出这样的问题其实并不是想知道你们两个人是因为什么分手的，而是想知道过去的恋情会不会影响到现在的恋情，你和对方说你们两个人是因为性格不合分手的就可以了。"性格不合"这句话表达了两个意思，第一个意思是我和前任并不合适，所以我们分开，并且因为不合适以后也不会在一起了；第二个意思是说你对于这方面其实并不太想多讲，识趣的人听到你这样的回答就知道你是一个有分寸的女孩子，能够处理好过去的感情，也就不会追问了。

NO 15　读者田晓提问：对相亲的男生心存好感，如何有技巧地表达才能让对方了解又不会觉得有太多压力？

Ayawawa
建议

★ 在这种情况下，需要把对他的好感弱化。

最佳
话术

"我觉得你是那种大多数女孩子都会喜欢的男生"或者"我觉得你是那种很受女生欢迎的男生"。

NO 16　读者蒋小涵提问：当相亲对象问你是不是处女时，应该怎么回答？

Ayawawa
建议

★在对方冒犯你的情况下，不用正面回答对方的问题，通过回答让对方知道这个问题冒犯你了就可以了。

最佳话术　不是啊，我是白羊。

NO 17　读者小喵提问：相亲时男方对女方有一些好感，但好感度也不是特别强烈，女生要说什么才能吸引他的兴趣呢？

Ayawawa
建议

★表达自己的渠道有很多种，如果你们两个人是相亲认识的话，可以利用好介绍人这个角色，你可以和介绍人说"我觉得他很特别"，比直接向他表达好感效果更好。

NO 18 蔡蔡和建伟是一对小情侣，男方大大咧咧，不太注意形象，穿衣
很邋遢。蔡蔡劝说无效，丢下了一句："你和你爸一样不爱干净。"
建伟就生气了："我衣服这么脏，还不是因为你不帮我洗。"蔡蔡满
脸不屑："我赚钱多，凭什么帮你洗？！"

Ayawawa
建议

★既然蔡蔡觉得自己赚钱多，喜欢赚钱比自己多的男孩子，
为什么要和赚钱没有自己多的建伟在一起呢？

既然他们两个人的关系已经形成，就说明蔡蔡贪图了建伟
身上其他方面的东西，比如体贴、细心。现在一段关系形
成了，蔡蔡还挑三拣四天天说建伟这里不好那里不好，那
就是在促使这段关系走向分手。一个女孩子对男孩子说这
样的话就好像一个男孩子对女孩子说"我就是想睡你，从
来没有想过娶你"一样，不管用什么话术都没办法挽回，
即使两个人结婚了，对方心里也会对这件事情有疙瘩。所
以对于这样的话，最好的应对办法就是千万不要说出口。

NO 19 小古和男友吵架，都会说："当初那么多人追我，我怎么就选
了你呢？××一直很喜欢我，早知道我还不如跟他了。"

Ayawawa
建议

★女孩子在感情里千万不要说这样的话，这就是爆 PU，会
对两个人的关系产生非常大的影响。不过在这里，我可以
教教男孩子如果听到这样的话该怎么应对。

最佳
话术

这说明你是一个判断力有问题的人，一个判断力有问题的
人得到一个判断力有问题的结果不是很正常吗？有什么好
奇怪的。

NO 20 男朋友在结婚前给苏苏打预防针说："男人都是好色的，哪个男人单身的时候不找小姐，我要是想干，能让你发现？因为我爱你，我有你了，就不会那样做。"

Ayawawa
点评

★ 他之所以和你这样说，很可能是因为他之前对其他的女孩子说过这样的话，他说这样的话已经在践踏你的自尊了，这时你要表达出对他的信任，让他因为产生愧疚感而不敢找小姐，或者找了小姐也会对你进行补偿。

最佳
话术

可是，老公你在我心里是一个很特别的人，一个和其他男人不一样的人，我觉得就算全天下的男人都做坏事的话，你也不会做坏事的，你说对吗？

NO 21 交往不久的男朋友问："难道我就没有竞争对手吗？怎么没见别的男生追过你？"

Ayawawa
点评

★ 男朋友和你说这种话是觉得你的 MV 有一点低，在这种情况下，只要表达出来"也有其他人喜欢我，但是我只喜欢你"的意思就好了。

最佳
话术

因为只想和你在一起，所以我对其他男生都绝缘了，对他们都冷冰冰的。

NO 22 女生家里催婚，男方可能觉得有压力，经常会说一些负面情绪的话："我现在还什么都没有，要不等我成功了再结婚？""要不你找个病入膏肓的有钱老男人吧，等他死了继承遗产，再回来找我。"

Ayawawa
点评

★ 如果说女方想和男方结婚，男方这样说的话，那就让他宽心就好了，可以和他说："我们两个人在一起，什么都会有的，而且一段两个人一起打拼的生活也很不错啊。"
如果女方对物质本身有比较高的要求，那就不是话术可以解决的问题了。

NO 23 一个男人犯错，女生厉声咆哮："你怎么能这么对我呢？太过分了，我从来没有遇到过像你这么差劲的男人……"

Ayawawa
点评

★ 这也是属于女孩子绝对不能说出口的话，说了就会将两个人的关系引导向分手。我可以教一下男生遇到这样的情况要怎么应对。

最佳
话术

这说明你见过的男人还是太少，现在你不就遇到我了吗？你能怎么办呢？

NO 24 有一个女孩，跟男友马上要结婚了，男友却问她："如果结婚以后我发生什么意外突然去世了，你会不会再嫁？"

Ayawawa
点评

★ 男友之所以会说出这样的话是因为女孩子的 PU 太高了，他觉得这段关系不是很稳固，希望能通过"问"的方式，确认女孩子对这段关系的忠诚。我们可以想一下，如果现在是你问你的男朋友："如果结婚以后我发生什么意外突然去世了，你会再娶吗？"你希望男孩子怎么回答？这个回答就是男友现在想要的答案。

最佳话术

"你死了我也不想活了，怎么会再嫁呢？"

NO 25 读者付洋：一个特别熟的男生突然表白，应该怎么拒绝？我们太熟了，不忍心那么伤他，而且我也委婉地暗示过他好多次我们不合适，他还是跟我表明心意了，可我真的不喜欢他……

Ayawawa
建议

★ 拒绝对方的要点是，即使你真的看不上对方，也要想办法让他觉得你因为没办法和他在一起而觉得很遗憾。如果对方觉得自己是被抛弃、被打败的那一方，就会因为雄性本能而一直缠着你，或者憎恨你，甚至报复你。

最佳话术

我太重视我们这段友谊了，爱情有可能会分手，而友谊永远不会分手，我不愿意我们的友情变成可以分开的感情。

NO 26 读者杰西卡提问：和前男友分开已有一段时间，但他总以从前的东西在我家（实际上已经没有了）为由来骚扰我，因为他爸妈跟我爸妈是一个单位的，家长也不好说什么，我也不能太撕破脸，可是我要怎么说才能让他知道我的态度呢？

Ayawawa
建议

★ 在这种情况下，把家长搬出来是不错的选择。

最佳
话术

你经常过来找我这件事情，虽然我父母没有说什么，但是其实他们已经表现出很不开心的样子了。我估计我们的父母是不想两个家庭撕破脸的，我也不想因为我们两个人的状况影响我们两家的关系，所以我们还是尽量减少来往，好吗？

NO 27 读者薇薇提问：我们在一起时，他赚得少，衣食住行基本上都是我在照顾他。分手前他曾跟我说想让我送他一台非常贵的游戏机，我答应了，但是没过多久我们就分开了。分开了以后，他还每天给我打电话要游戏机，说是我之前答应过他的……

Ayawawa
建议

★ 希望你能分清楚你的男朋友来找你是以游戏机为借口想和你产生一点联系，还是真的想要这台游戏机。如果他是想要这台游戏机的话，也许只是想在你这里占一点物质上的便宜，那么你可以和他说："我们已经不在一起了，现在要我承担这台游戏机我也觉得非常吃力。我给你出一台游戏机分期付款的首付，剩下的钱你去分期付款购买，好吗？"如果他是想以游戏机为借口和你产生一点联系，那么直接拉黑他就好了。

NO 28 结婚三年，孩子已经一岁半。男方出轨，他找女方摊牌，并且说：

"你是个好母亲吗？如果是，那你就忍着呗。"

Ayawawa
点评

★这是一个女方 MV 下跌导致男方出轨的典型案例，并且男方说的话有一定的报复心理，说明女方很有可能之前爆过 PU。在这种情况下，女方应该硬气一点，可以和男方说："一个好母亲应该给自己的孩子创造一个良好的家庭环境，一个没有父亲的家庭环境也比一个父亲出轨的家庭环境强。"然后努力提升 MV，不然的话，在这段关系中，你会一直受到这种待遇。

NO 29 读者尤莉莉喜欢狗提问：和前男友是同学，有一次在同学会上遇到，他当着所有同学的面儿说我是蠢货，请问我应该完全忽视他还是要回骂过去？

Ayawawa
建议

★遇到重遇前男友时，对方给自己添堵的情况一定要反击。

最佳
话术

对他说："对啊，我曾经很蠢啊，但是我现在不蠢了。"然后意味深长地看着他笑。

NO 30 女生和男生很相爱，但婆婆一直个同意他们在一起。初次见面，婆婆也没撕破脸公然表示反对，而是说："我是很开明的，他和谁好上我肯定不管。当然，既然他和你好上我不管，他要是和别人好上我肯定也不会管。他还小，你能不能一直吸引住他，你自己权衡。结婚的话，我出首付，剩下你们自己攒。我儿子赚钱能力不强，你要多担待了。要是分了希望好聚好散，孩子我们肯定养的。"

Ayawawa 点评

★女方高攀男方才会导致这样的情况发生，女方除了低眉顺眼外别无他法。

最佳话术

长辈说的话都是对的，我和他很相爱，我会用时间来证明我们两个人的感情的。

NO 31 小婉和男友相识一年多，正准备结婚的事情。婆婆平时待她不错，但每次跟她独处时都会说："我儿子从小就是被家里人宠着长大的，一点家务都不会让他做，一点剩饭也不曾让他吃。"婆婆平时喜欢看家庭伦理剧，每次演到夫妻吵架闹矛盾，她就会说："两口子过日子，男人大过天，如果女人能多忍忍，家里就不会有那么多矛盾了。"

Ayawawa 点评

★在这种情况下要看婆婆是怎么做的，如果婆婆自己就是一个很能忍的人，那么这样的家庭，小婉嫁进去之后不会太幸福的，因为婆婆会处处用自己的标准要求小婉。如果婆婆只是在口头上对小婉有要求，那么哄哄婆婆，这件事就过去了。

最佳话术

阿姨，我觉得你和叔叔相处得就挺好的，你能教教我吗？以后也要多向你们学习。

NO 32　晶晶跟老公结婚一年多，平时不管买什么都会惦记着婆婆。可是给婆婆买东西，便宜了她会说："价格这么便宜，质量能好吗？这么便宜的东西我可不敢买。"贵了她又会说："怎么买这么贵的？我年轻的时候可不敢这么花钱。"

Ayawawa
点评

★和婆婆之间如果没有出现原则性的问题就不要较真了，如果是说一两句话可以解决的事情，用说一两句话的方式解决就好。

最佳
话术

"我们也是心疼妈妈，您这么大年纪，为我们奔波劳累了这么多年，也到了该享享清福的时候，带孩子的事情，就不辛苦您了。"如果对方坚持的话，可以继续说："妈，我是好心好意心疼您，想让您多休息，您却不领情。"

NO 33　茗茗结婚第二天，婆婆就提出让她把工资卡上交，并且说："你们年轻人哪里懂得持家？一家人要想过好日子，还得我们当老的帮忙把持着。"

Ayawawa
点评

★家庭财政归谁管的问题属于原则性问题，一定要硬气。

最佳
话术

可以温柔地对婆婆说："您年轻的时候，家里的钱也是交给老人把持的吗？"

恋／爱／心／法

图书在版编目（CIP）数据

恋爱心法 / 杨冰阳著 . —长沙：湖南文艺出版社 ,2016.4
ISBN 978-7-5404-7538-3

Ⅰ . ①恋… Ⅱ . ①杨… Ⅲ . ①恋爱心理学 – 通俗读物 Ⅳ . ① C913.1-49

中国版本图书馆 CIP 数据核字（2016）第 053898 号

上架建议：两性·情感

LIAN'AI XINFA
恋爱心法

著　　者：杨冰阳
出 版 人：刘清华
责任编辑：薛　健　刘诗哲
总 策 划：洪　震
特约策划：蔡雯静
监　　制：蔡明菲　潘　良
选题策划：李　娜
特约编辑：李乐娟
插　　画：Milky.Ko
封面设计：弘果文化传媒
版式设计：李　洁
营销推广：王钰捷　李　群
出版发行：湖南文艺出版社
　　　　　（长沙市雨花区东二环一段 508 号　邮编：410014）
网　　址：www.hnwy.net
印　　刷：北京盛通印刷股份有限公司
经　　销：新华书店
开　　本：700mm×1000mm　1/16
字　　数：190 千字
印　　张：15
版　　次：2016 年 4 月第 1 版
印　　次：2016 年 4 月第 1 次印刷
书　　号：ISBN 978-7-5404-7538-3
定　　价：39.80 元
质量监督电话：010-59096394
团购电话：010-59320018

恋／爱／心／法